LENA HOLFVE MORDET PÅ TÖRNROSA

Kriminalroman

Amazon

Amazon

ISBN: 978-91-985871-9-7

AV LENA HOLFVE TIDIGARE UTGIVET:
Häktad på sagolika skäl, häftad, , (2020) Publit
Utmattning & Sömnlöshet, häftad, (2020) Publit
Utmattning & Sömnlöshet, e-bok, (2020) Axiell Media
Älska Lagom - En bok om familjehemsbarn, häftad (2019) Publit
2019 - Sett med Lenas ögon, häftad, (2020) Publit
2019 - Sett med Lenas ögon, e-bok, (2020) Axiell Media
Älska Lagom - En bok om familjehemsbarn, e-bok (2019) Axiell Media
Utmattad Fri från hjärndimma, ljudbok (2019) Axiell Media
Parasitfri (2018) BoD
Mögelförgiftad (2018) BoD
Sömnlös - Fri från sömnstörning! (2018) BoD
Utmattad – Fri från hjärndimma! (2017) BoD
Är barn allt, e- bok och ljudbok (2017) SAGA Egmont
Häktad på sagolika skäl (2017) SAGA Egmont
Mordet på Törnrosa (2017) SAGA Egmont
Botten Upp (2017) BoD
Det händer aldrig mig (1997) Bilda Förlag
Är barn allt? (1992) Rabén&Sjögrens Bokförlag
Botten upp (1989) Rabén&Sjögrens Bokförlag
Utanför (1989) Rabén&Sjögrens Bokförlag
Könskriget (1988) Rabén&Sjögrens Bokförlag
Fyy 17! (1987) Rabén&Sjögrens Bokförlag
Mordet på Törnrosa (1985), Rabén&Sjögrens Bokförlag

Ett Södermalm som gör dig varm (1984), Swedmedia
Häktad på sagolika skäl (1984) Rabén&Sjögrens Bokförlag
Älska lagom (1984) Rabén&Sjögrens Bokförlag

Orätt saköre gör ingen herre rik:
Men lag och rätt är Herrans pris
DOMARREGLERNA, SVERIGES RIKES LAG

Kapitel 1

– Dessert grabbar! Mannen försökte göra sin förrökta stämma hörd och det såg ut som om han skulle misslyckas. Men skam den som ger sig utan att ta verklig strid.
– Dessert grabbar! Kom igen nu! Det är dessert!

I den vackra salongen fanns kanske trettio män, alla påfallande lika. De var ungefär trettio år, trendigt klädda och ingen hade vågat sig in i sällskapet utan att sätta på sig sin dyraste Rolexklocka på vänsterarmen. Endast en handfull av dem lystrade till uppmaningen att det nu var dags för desserten och troligen var det de män som ännu inte börjat jogga, spela tennis och äta fiberrik och hälsosam kost. För dem framstod ordet dessert som en njutning och inte ett hot mot hjärtverksamheten. De drog sig därför ner mot de stora, vita spegeldörrarna som ledde in till en mindre salong där desserten tydligen skulle serveras enligt den inbjudande gest som värden desperat gjort i hopp om att mötas med uppmärksamhet. Värden hette Niclas Cederlund, och var ättling till den gamle Cederlund, han med punschen vars recept såldes till Vin- & Spritcentralen. Han hade varit en smart affärsman som hade sålt rättigheterna mot ett visst antal ören i provision per försåld flaska, men han hade ingen aning om att han borde ha indexreglerat sitt avtal och i takt med inflationen hade den Cederlundska förmögenheten sjunkit ihop likt en ostsufflé som drabbats av för stark övervärme. Familjen var ett praktexempel på hur en generation bygger upp en förmögenhet, den andra förvaltar den och den tredje förtär den. Nu stod Niclas Cederlund som representant för den fjärde generationen Ceder-lundare i en flott Östermalmsvåning vars takhöjd påminde om forna tiders ekonomiska

luftrum, men utan att bära den dyraste Rolexklockan i sällskapet. Möjligen kompenserade han detta genom att bära sin på högerarmen?
Kvar av den väldiga förmögenheten fanns en trave spännande reseskildringar från gammelgubbens tid och berättelsen om hur han spelade bort Storholmen på poker. Niclas brukade läsa om utrikesresorna då han åkte tunnelbana från jobbet och då sömnen jagade de handskrivna raderna.

Niclas Cederlund sprängde dörrarna in till den mindre salongen med teatralisk kraft och brydde sig inte längre om att hans intention från början varit att samla hela klungan män till fullständig tystnad innan han öppnade dörrarna. Niclas var sådan, han hade planer, arrangemang och idéer. Han ville gärna planera sina fester in absurdum och fantiserade länge i förväg om vad folk skulle säga och göra och givetvis blev det aldrig som han tänkt sig. Ställde han ut askkoppar på alla bord var det ändå en och annan som fimpade i blomkrukorna. Beslöt han att herrarna skulle kasta pil på ballonger där damernas namn prydligt textats var det alltid någon som motsatte sig valmetoden och ville välja sin bordsdam själv. Före varje fest beslöt han sig alltid för att dricka lite, lite och bara smutta på champagnen för både ekonomins och hälsans skull. Men det blev aldrig någonsin som han hade tänkt sig och han hasade sig långsamt upp om morgonen, halvkröp ut i badrummet och såg delar av sig själv i spegeln. Han möttes då av ett askgrått ansikte med ögonvitor som genomgått batikfärgning åt det rödaktiga hållet. Varje gång slog det honom att hela västvärlden någonstans erkände Darwins lära om att vi möjligen kan härstamma från aporna. I dessa stunder var Niclas övertygad om att vi i stället är på väg tillbaka till apstadiet. Någonstans i det bultande bakhuvudet fanns minnet av kamrat Oskar som legat med en tjej under ett hörnbord på Atlantic och var det inte Sören som upprymt hade sökt krypa under heltäckningsmattan? Niclas rusade ut, så gott han nu kunde, fattade tag i plånboken med skakig hand och sjönk sedan ned i en befriande ställning i sin älsklingsfåtölj, med anor från den gamla och goda tiden. Han var klart lättad över att han hade alla sina medlemskort kvar i plånboken. Ingen av stängning nu heller! Självkänslan står högst hos den som innehar guldnyckeln till bakdörren på Café Opera och som därmed har tillgång till entré helt utan frågor samt till vinkällaren dit guldnyckeln också passar. Den som dricker sig till alkoholism på stället får tveklöst en guldnyckel. Medelklassen har kort som det står "Operabaren" på och till dem hörde Niclas Cederlund ännu en dag. Det kändes tryggt, mycket tryggt och besparade honom den pinsamma kön.

Allt sorl, alla möjliga och omöjliga affärsidéer upphörde att fylla Niclas Cederlunds salong. Det blev knäpp tyst och alla män stirrade in mot den mindre salongen där de visste att det fanns ett enormt biljardbord, med anor från Prylbanken, och en imponerande kristallkrona som var minst tre meter i diameter och ett par meter hög och som givetvis kom ifrån den epok som Niclas ofta drömde om skulle ha fortsatt. Storhetstiden före inflation, Krügerkrasch och Palmeism.

Biljardbordet var täckt av en tygklädd spånplatta och ovanpå plattan låg en blond vacker kvinna raklång. Nakna kvinnor hade männen sett förr, både bakifrån, underifrån och framifrån. Några så ofta och så ingående att de drabbats av impotens. Det gällde i synnerhet dem som hade varit på porrklubbarna.

Men det här var något nytt. Minst sextio par ögon lät sina synintryck fara upp till hypofysen där de gjorde en snabb vändning av sådan klass som man bara kan få se på simtävlingar i världseliten. Det tog inte mer än tio sekunder innan trettio män hade fått stånd och det var precis vad Niclas Cederlund planerat och hans glädje var nu översvallande. Han förlät dem för att de inte stått tysta, som han egentligen hade planerat och velat ha det.

Damen på bordet var insmetad med fem liter hårdvispad grädde och garnerad med jordgubbar från Öland. Hon var hyrd på Malmskillnadsgatan för kvällen, ni vet den där gatan i Stockholm där man hyr sig horor att älska med.

En sanning med modifikation eftersom det knappast handlar om att älska. Många använder dem till upptåg, till sina perversa idéer om hur ett lyckat sexliv bör se ut. Det ryktas om att kronofogdar är speciellt förtjusta i att proppa dem fulla med hundrakronorssedlar som de sedan sliter ut med tänderna, men det vet man ju hur det är. Det snackas så mycket på stan! Men nu låg hon där i alla fall och lekte dessert och grabbarna, även de som joggade, spelade tennis och bytte fiberrecept med varandra, kastade sig över henne för att inta den Cederlundska desserten. Givetvis serverades väl avkyld Cederlunds punsch därtill.

Om Visby med sina rosor kallas för "Rosornas stad" så var denna kvinna, med sin ringmur av högröda jordgubbar runt sina bröst, de sista riktiga männens vikingaerövring och de behövde inte ens använda våld för att inta henne, eftersom Niclas betalt räkningen i förskott. Är det inte det som fattas? Erövringar? Livet har allt blivit bra tråkigt sedan Bödasand, Vanadisbadet och Snäckgärdsbaden vimlar av toplessbrudar, det är sådant som kan få en riktig Björnligemedlem att droppa snoppen för gott och spekulera i möjligheten att själv sätta på sig lösbröst och glittrande örhängen. "Det är så förbannat svårt att hitta sin könsroll i dessa dagar", brukade de säga till varandra under det att de stundom framgångsrikt kom på nya varianter för att förgylla livet. Dessa män var i desperat behov av att se kvinnan som antingen älskarinna eller som en baksmällsvårdande, ömsint och neurotisk mammafigur. Några självständiga kvinnor hade de aldrig mött och således hade de heller aldrig älskat en kvinna.

Men Niclas var nu trots allt en hedersman som alltid ordnade fester med guldkanter! Även om man som straff måste jogga tre varv extra på Djurgården dagen efter Niclas fester, var de ändå väl värda det och Niclas förmåga att lindra könsrollsbesväret gjorde att hans fester brukade vara välbesökta. Det var nu så med Björnligemedlemmarnas festvanor att de ofta svarade att de skulle komma men så kom de inte. Något annat kom emellan, en affär, en liten prinsessa eller bara en rejäl baksmälla som inte var lämplig att hänga ut till allmänt beskådande. Om trettio personer sagt att de skulle komma kunde det sluta med att endast ett fåtal i verkligheten kom och det var då inte otänkbart att någon med en dyrare Rolexklocka lockade medlemmarna till en konkurrerande fest istället. Niclas visste minsann vad han slogs emot och han gjorde det ofta med adekvata metoder.
Det fanns bara en man som förmådde alla att komma, med eller utan fest och det var Björnligans ledare, vars namn aldrig någon nämnde högt eftersom det ofelbart skulle innebära att man inte längre var medlem av Björnligan och en sådan utförsåkning på den sociala skalan ville ingen frivilligt utsätta sig för. Ledaren behövde bara vissla så kom hela Björnligan.

Den självklara sekretessen innebar också att ingen utanför gruppen visste om dess existens och det var liksom det som var meningen. Hemlighetsmakeriet hjälpte till att upprätthålla totalt fyrtiotre adonisars kontroll över sina sociala och kända liv. Denna kväll var trettio av dem sprängfyllda med grädde och jordgubbar från Öland och det ingav dem en känsla av den gemenskap, samhörighet och tillfredsställelse vi alla söker.
På välorganiserade fester hör det till etiken att inte ha för mycket vin eller sprit hemma och det för att man ska slippa servera frukost också. Gästerna tvingas ner på stan och den stilla promenaden genom Stockholms taxilösa gator får en och annan att nyktra till, rätta till klädseln och åter ha förmåga att se om staden fått besök av någon ny liten prinsessa. Även om herrmiddagar kan var väl så roliga fattas det trots allt damer och efter ett par timmars samvaro är det inte längre möjligt att undvara dem i synnerhet inte efter ”Dessert Cederlund”.

Björnligans medlemmar gled därför ner mot Café Opera och nådde sitt vattenhål precis klockan tolv om natten. De gick förbi kön som i allmänhet befolkas av förortsfolk vars status inte räcker längre än in till Slussen och framför allt inte in på stadens mer lysande ställen. Motsättningarna mellan grupperna påminner om hur det såg ut i Stockholm på 1600-talet, då vi fick vår första befolkningsexplosion och överklassen trängde ihop sig utmed de raka gatorna och levde sitt liv i sina stenhus, för att om aftonen kika ut över baksidorna och där se, uppleva och höra hur häxorna for runt i luften på sina illasinnade uppdrag. Det var en gudabenådad tid ur skattesynpunkt om man betänker att man fick sju års skattebefrielse om man flyttade ur Staden till Kungsholmen. Den som slog sig ner på Söder fick sju procents skattereduktion och då visste heller ingen att Skattehuset skulle komma att byggas på gamla Götalandsvägen i ett kvarter som man symptomatiskt kom att kalla kvarteret ”Gamen”.

Idag heter baksidan Farsta och Tensta och det handlar inte längre om några få räta gator och några få stenhus utan om hela innerstaden och förortsfolket har man sökt sparka ut genom att låta SL:s pendeltåg föra ut sista skocken runt midnatt. En och annan lyrisk varelse föredrar att stå och frysa häcken av sig i kön till Café Opera, Atlantic, Alexandra, Garage, Daily News och allt vad de nu heter. Hur har de råd? Dubbla kalsonger och taxi-pengar måste vara det pris de får betala och de har inte ens ett eget nummer till Taxi.
För Björnligan är det inga problem att komma in och underligt nog brukade de göra av med jämförelsevis lite pengar eftersom de bönder som nu lyckats ta sig in med förkärlek bjöd runt och Björnligans medlemmar brukade gärna vilja bli bjudna, braxa lite och sedan glida runt, krama om, hälsa på och förtjust utbrista i små koketta fraser som är nötta i kanterna.
Men det handlar också om att man inte vill skiljas. Efter promenaden suger det inte längre i sprittarmen och livet efter tolv handlar därför i mångt och mycket om att bevara stämningen, jublet, glädjen och skratten och det ordentligt eftersom det bara är en tidsfråga innan det också förbjuds och man uteslutande är hänvisad till de svarta spritklubbarna som i sin tur ofelbart drar med sig avigsidor.

Inte heller då klockan blir tre vill Björnligans medlemmar skiljas och det blir då naturligt att gå vidare, dricka en morgonfika och tona ner yran, tjuten och dämpa rösten en aning, ner mot godnattsagestadiet som infinner sig runt fem, sex på morgonen. Har kvällen varit lyckad har en ny affär gjorts upp, en ny idé fötts, några har träffats och andra ämnar besöka skilsmässoadvokaten dagen efter.
Niclas Cederlund var med i alla ronderna hela natten och efteråt skulle det visa sig ha betydelse att han valt att följa med. Eftersom Niclas är en mycket pedantisk person är det inte alltid givet att han följer hela programmet då han haft herrmiddag hemma, han brukar ofta välja att städa upp, diska och återställa eftersom morgonen annars skulle bjuda honom en känsla av illamående och äckel. Men denna kväll, en fredagskväll i oktober, hade han beslutat sig för att följa med och få höra, om och om igen, att hans dessert var klart ledande, högt uppskattad och hade fått en självklar plats i Björnligans minnesalbum och där ville Niclas gärna utmärka sig och därmed få garantier för att hans nästa fest skulle vara välbesökt och därmed automatiskt lyckad. Det brukade vara rysligt pinsamt att komma hem till någon medlem som dukat för trettio och endast tre dök upp. Han rös till vid tanken.

Kvart i sex på lördagsmorgonen sa Niclas ”Go'natt Sverige” till Blomsterkungen som också bodde på Kommendörsgatan och han struntade i både disk och städning och stupade i säng, nöjd, ensam, glad och tillfreds.

Niclas sörjde inte sin ensamhet. En treåring hade inte kunnat vyssa sin docka till sömns bättre än vad Niclas Cederlunds egna tankar brukade göra efter en helkväll. Han var fullkomligt trygg i vetskapen om att ingen klamydiaburk med frisyrgelé i håret skulle erbjuda sig, på damers vis, att tillreda honom frukost vid uppvaknandet.

Kvart i sex på lördagsmorgonen skrällde Göran Skogsbergs väckarklocka och han hade inte den minsta lust att gå upp. Men han måste för han hade jour denna helg och på Våldet på Kungsholmsgatan skulle kollegerna sakna honom om han inte kom lite före sju eller på minuten sju. Göran satte en ära i att komma i tid och han irriterades över att det föreföll trendigt att inte komma i tid. Vad vill folk? Få veta att de är väntade? Han visste inte och egentligen brydde han sig inte om vad andra gjorde och inte gjorde på sin fritid. Men handlade det om sammanträde sände han iväg en lapp, till alla som kom i tid, att mötet började två på eftermiddagen och dem som brukade komma för sent kallade han till halv två. Men det var i tjänsten det och när förhandskallade kolleger brukade grymta sa han alltid: ”Tio poliser som väntar i tio minuter är inte tio minuter utan tio gånger tio minuter och på hundra minuter hinner man göra en hel massa.” Privat teg han men blev sur på folk som inte passade tider. Upp, raka sig, badrummet, halv kopp kaffe, snabb koll i DN och iväg.

En minut i sju var han på sitt kontor och konstigt nog hade inget stort hänt på natten, trots att det hade varit fredag och avlöning som ofelbart brukar innebära att våldsroteln är nerlusad med anmälningar. Han bläddrade i bunten och sorterade dem, mord går först och sedan våldtäkt med okänd gärningsman och så rån och så grov misshandel och ända ner till stråltanterna som inkommit med anmälan om våld från Mars. En och annan yngre polis bemödade sig om att skriva ut anmälningar och PM för att få tyst på strålisarna medan de äldre och mer erfarna brukade kunna förhindra att papperskvarnen startade. Själv brukade Göran på heder och samvete lova dem att IKEA säljer en aluminiumfärgad rullgardin som biter på strålar, gubbar från Mars och allsköns odjur som härskar om natten i människors ångestfyllda verklighet. Om IKEA fått en försäljningsframgång på just den rullgardinen ”Stålis” måtte det bero på att många inom polisen varmt rekommenderade den.
– Köp ”Stålis”, Strålis!

Bunten var som sagt förhållandevis tunn för att vara ett utslag av nattens händelser i Stockholm, denna vackra stad som om sommaren omfamnar alla som vill med sina pilar, som har parker som lockar trubadurer att sjunga om ekar, vår, aldrig nog upplevda skärgård och om människors kärlek. Nu var det inte mycket till sommar längre och naturen var som förbytt, isande vindar och små minusgrader åkte kälke ner i nacken och en hel nation ville stundtals söka klimatisk asyl på skönare breddgrader, men skulle ändå, om möjligheten erbjöds ångra sig på väg till flygplatsen och i bilen hem tala om kräftor, surströmming, Lucia, nysnö, julafton, raketerna på nyår och våren. Ja, det är våren som hindrar oss att fly.

Om natten, varje natt, får Stockholm ett nytt ansikte. Det är inte längre dagisbarn, ilskna bilister, husmödrar, stressade yrkesarbetande och stapplande pensionärer som härskar på gatorna. Om natten är det rövare, småbus, storbus, ligister och nyfikna och så Svensson som super sig full och inte kan acceptera att han ska gå ut eller inte får gå in på krogar och så dessa vakter som tar alla tillfällen i akt att få slå folk på käften och allt det som händer blir kommenderingar för ordningen, skrivna anmälningar och frampå morgonkröken står folk som Göran och sorterar i högen, var och en på sin rotel, och för varje år som går ökar högarna och konsekvenserna av människornas handlingar och oförmåga att kommunicera.

Varför hade han blivit polis egentligen? Ja, som alla andra av en ren slump. Ena året sägs det att det kommer att bli ont om tandläkare och att det är ett säkert jobb och så blir många tandläkare och ett annat år lockar polisen med betald utbildning, säker tjänst och framtid. Men det var ingen som berättade hur det var att vara polis och det var väl lika bra det, då hade väl ingen blivit det, tänkte Göran och suckade tungt då han hade sorterat sin bunt som han ville ha den denna lördagsmorgon.

Själv hade han i tonåren tillhört ett gäng i Bandhagen, på gränsen till Högdalen och deras huvuduppgift här i livet hade varit att slåss mot dem som bodde i Hökarängen och tiden fördrev de på gatorna, snodde en och annan bil och moped, snattade på Åhléns Söder och han mindes att de hade ryckt en och annan väska också. En dag torskade Göran, det var kvarterspolisen som tog honom och lyfte honom i örat och skrämde vettet ur Görans föräldrar, orsakade att hans mamma grät och grät och grät och längtade hem till Dalarna och pappan gick omkring och röt. En hel helg hade det pågått och det var först som vuxen som han insåg att det kunde ha gått annorlunda om hans mamma i stället sagt:

– Bra Göran! Tänk att du är så duktig, du kan väl sno en päls åt mor och en kostym åt far och en kälke åt lillebror?

Göran hade blivit vän med kvarterspolisen och det var nog han som fött idén att Göran själv skulle bli polis. Hur det nu än var, så var han polis nu och han skulle "Hjälpa, skydda och ställa tillrätta". Polisens valspråk kunde man nästan garva åt, man kan inte ha en snut i varje hem och man kan inte ha en snut på varje krog eller gata. Folk måste ta ansvar för sig själva, tänkte Göran och läste en anmälan om två makar som slagit halvt ihjäl varandra. Han la det sist i bunten, han orkade inte med varken strålisar eller äktenskapsmarodörer. Vad skulle han börja med?

Han behövde inte välja för tio minuter över sju denna lördagsmorgon i oktober fick våldsroteln in ett misstänkt mord.

Den som berövar annan livet, dömes för mord till fängelse i tio år eller på livstid.

BROTTSBALKEN 3 KAPITLET, 1 §

Är brott som i 1§ sägs med hänsyn till de omständigheter som föranlett gärningen eller eljest att anse som mindre grovt, dömes för dråp till fängelse, lägst sex år och högst tio år.

BROTTSBALKEN 3 KAPITLET, 2 §

2

Göran tog sin egen bil och körde ut till den uppgivna adressen, Lotterivägen 21, på Hägerstensåsen söder om Stockholm. Det var ett gammalt bostadsområde, uppbyggt under tidigt femtiotal och bostadsbeståndet utgjordes uteslutande av trevåningshus. Det var en tyst och stillsam återvändsgata.

Göran parkerade längst in på gatan och promenerade de få stegen tillbaka till 21:an. Här mötte han en yngre kollega i porten som nickade, tog upp sitt anteckningsblock och sa:
– Vi rullade ut hit klockan kvart i sex, det var en grannfru här som ringde in till radion och klagade över att en katt stod och jamade i ett fönster. Grannfrun är förresten portvakt här, tillade han och Göran reagerade eftersom portvaktssystemet i det närmaste var försvunnet sedan ATP-avgifterna infördes. Göran reagerade också över att kollegan ”rullade ut” på uppdrag. I hans ungdom hette det ”kommendering”, men nu sitter de på radions central, ”Gropen” i gamla polishuset och beställer ”två brända”. Göran köpte fortfarande korv.
– När vi kom hit halv sju visade det sig att missen stod och spana i ett sönderslaget fönster på baksidan och skrek och jag och kollegan gick till den aktuella lägenheten, dörren var låst men vi kunde ta sprintarna och då fann vi henne där inne. Vi var inne i lägenheten klockan tio minuter i sju, sa polisassistenten och därmed var avrapporteringen genomförd för hans del.
– Är tekniska på väg? frågade Göran.
– Ja då, jag har kallat på dem, det gjorde jag åtta minuter i sju samtidigt som jag via radion satte mig i förbindelse med Våldet.

Det slog Göran att den unge mannen såg ut som om han sett lik förr. En del nya brukar stå och spy då man kommer, medan andra har vant sig vid att en rutinkontroll kan innebära att man hamnar på en brottsplats av en sådan dignitet som en mordplats. Eller en plats som man tror är en mordplats, för som polis vet man ingenting om någonting.

– Vet du vem som har jouren på tekniska?

– Jadå, det är Saxen som är på väg, han borde vara här vilken minut som helst, sa assistenten och tittade på klockan. Den var snart åtta och grannskapet hade ännu inte vaknat, det var en kvart kvar till "Go'morron Sverige" skulle gå i luften.

Göran var mycket nöjd med att Saxen var på väg. Han hade just önskat sig det. Saxen var chef för fältgruppen på tekniska roteln och hans existens på en förmodad mordplats skulle senare komma att spara in många, långa och trista arbetstimmar. Saxen var envis, grundlig och stolt över sitt jobb och tillika medveten om sin egen betydelse. Dessutom var han smålänning och det gjorde inte saken sämre. Göran som var född i Dalarna hade envetet behållit sin dialekt trots att han flyttat till Stockholm under sin förpubertet och trots att mängder med ungar retat honom för det på den tiden. Men han kunde ta för sig, så efter en tid hade han fått vara ifred och varje midsommar då han kom hem till Siljansnäs och satte sig vid båten och lät ögonen förföras av Siljan som låg för hans fötter välsignade han sina föräldrar för att han hade sina rötter däruppe och inte i Stockholm.
– Står du här och drömmer, sa Saxen och dunkade till Göran i ryggen. Ryggen som besvärade honom allt mer och allt oftare. Han hade en viss fäbless för att gå snett framåtlutad och det tålde inte hans rygg något vidare.
– Tjenare, Saxen! Görans röst utstrålade värme.
– Nu klipper vi till, sa Saxen och det var det uttrycket som gjort att han fått sitt något annorlunda smeknamn. Han var stolt över det med, som över allt annat.

Göran gick efter Saxen och något annat skulle heller inte vara möjligt eftersom det är tekniska som först ska beträda en plats där någon dött på ett sådant sätt att man kan anta att någon okänd bragt offret om livet.

Hon låg i sängen med särade ben, högerbenet något mer i vinkel än det vänstra och sin högra arm hade hon dragit upp i vinkel så att handen nästan snuddade huvudet. Vänster arm låg utmed bålen och hon såg fridfull ut. Hon var frapperande vacker med långt blont och välskött hår, välformade läppar och höga kindknotor. Hon var inte skadad, hade inga märken på sig och det fanns inga spår av strid i lägenheten. Telefonen bredvid sängen var intakt. Hade hon dött naturligt? Det såg så ut. Det är sällan som mördade personer blir vackra lik, och det var tveklöst så och det kunde både Saxen och Göran se själva eftersom hon var helt naken och som sagt inte såg vare sig sparkad, slagen eller strypt ut.

– Vi tar det som ett mord, sa Saxen efter det att han stått och tittat på henne på avstånd en stund. Han ville inte närma sig henne innan han bestämt sig för vad som skulle kunna vara spår, vad som tillhörde lägenheten och vad som var rena tillfälligheterna.

– Tror du? sa Göran och skämdes lite över att han blivit så besviken över stillheten på den förmodade mordplatsen.

– Jajamän, vi tar det som ett mord, ett svårt mord, ring efter doktorn och knacka dörrar du så ska jag börja rota här.
– Okay, sa Göran och vände helt om. Nere på gårdsplanen tog han närmaste bil, använde dess radio och tillkallade en rättsläkare. Det var ännu tidig lördagsmorgon och rövarna sov, småhuset sov och Svensson höll sig lugn framför teven och "Go'morron Sverige". Det fanns därför gott om fotfolk och de kom och de knackade dörr hela förmiddagen. Portvaktstanten tog Göran själv hand om, anmälare är alltid intressanta och polisassistenterna användes uteslutande till trista göromål och det som möjligen kunde ge något behöll det högre Krim-folket för sig själva.

– Goddag, fru Olsson, sa Göran och kikade på hennes ytterdörr där det mycket riktigt stod "Olsson".
– Goddag, sa hon dröjande och han fick upp sin legitimation som förmodades försätta henne i en lugn sinnesstämning och färdig att sätta på kaffepetter.

– Jag heter Göran Skogsberg, sa Göran och lät sig föras in i den lilla damens hem. Han tackade även ja till en kopp kaffe för han kom på att han ännu inte hunnit bälga i sig den sedvanliga morgonransonen som brukade bestå av en sex, sju koppar före lunch. En lunch som han allt som oftast hoppade över eller bytte ut mot ytterligare koppar kaffe. Han var plågsamt medveten om att äldre kolleger istället drack novalucol för att hålla sina magsår i schack och att han själv stod på väntelista dit.

Tanten pladdrade på, som alla tanter gör. Han avskydde dem och han insåg att dessa tanter var det största helvete på jorden som kunde drabba en utredningsman. De är så snälla, brygger så gott kaffe, vet så mycket och har hittat mördaren långt innan mordet har begåtts.

Göran tänkte på strålisarna då han med vana ögon iakttog portvaktstanten. En polis tittar aldrig på folk, en polis noterar ett perfekt signalement enligt regelboken, han stoppar in det i sitt minne och tänker inte mer på det förrän han vill komma ihåg: Kroppsbyggnad, ansiktsform, hårfärg, eventuell skallighet, hårform, ögon, näsa, tänder, eventuella tatueringar och andra utmärkande kännetecken som haltande gång, bruten tumme eller ärr.

– Det är pojkvännen. Tänk jag har alltid sagt till Gustav, min man, att den pojken är ingen bra pojke. Han ser så mordisk ut, det har jag alltid sagt till Gustav. Vill han ha en kopp, kommissarien?

– Ja, tack.
– Flickan var så söt, han kan inte ana så söt och trevlig hon var, alltid hjälpsam och så drog hon på en sådan pojke. Tänk jag har alltid sagt det till Gustav, att en vacker dag gör han henne olycklig.
Kärringen satte upp båda händerna för ansiktet och hulkade eller låtsades hulka och kroppen vaggade. Göran visste mer än väl att tanten ringt till polisen för att katten jamade och inte för att rutan var spräckt och det sa lite om hennes intressen här i livet och dessutom
hade Aftonbladet hört av sig innan han hunnit få på sig rocken och det tydde på att någon ringt dem mycket snart. ”Någon”, det var nog tanten det. ”Hon är bergis strålis också”, tänkte Göran och han ville vara elak denna lördagsmorgon i oktober. Han ville inte vara polis, han skulle föredra att vara reseledare på Mallorca istället, som i och för sig kanske är nerlusat med förtidspensionerade strålisar, men där lyser solen på en åtminstone och då klarar man av att bara le och le.
Han lät henne snacka av sig medan han drack sitt kaffe och han noterade knappt vad hon sa. Han insåg att han måste börja förhöra tanten snart och han svor över att han inte hade en bandspelare med sig. Sätter man på ett band tenderar dessa hjälpsamma damer att hejda sig i sina uttalanden en smula och det är till gagn för polisväsendets utredare. Det tar tid att höra en hel förorts skvaller.

– Har ni hört några ljud?
– Ljud? Nej, jag sover med vaxproppar. Ni förstår Gustav, min man, han snarkar så förfärligt så jag skulle inte kunna sova utan proppar i öronen.
Nähä, tänkte Göran. Dricker Gustav öl? – Har ni sett någon främling här?
– Nej, men det är pojken. Jag har alltid sagt till. . .
– Ingen främling då?
– Nej, sa tanten och snörpte surt ihop munnen. Tänka sig att en sådan ung pojke avbryter en mycket äldre människa.
– Var hon hemma i går kväll?
– Det vet jag inte, sa fru Olsson torrt.
– När såg ni henne sist?
– I går morse. Vi handlade samtidigt.
– Såg ni vad hon handlade?
– Mat så klart.
– Ja, men vad för slags mat? Såg ni det?
– Nej, jag glor inte i folks väskor, sa tanten och tog bort Görans kopp. Göran brydde sig inte om vinken.
– Vad jobbade hon med?
– På kontor, tror jag.
– Har ni talat med henne, jag menar kände ni henne privat?
– Nej, jag snokar inte i hyresgästernas liv, sa fru Olsson som nu uppenbarligen var sur.

"Hon är strålis" tänkte Göran och undrade över varför han ideligen hakade upp sig på strålkärringarna då han fick se rullgardinen. Den var ihoprullad i sina fästen, men han kände igen IKEA:s aluminiumfärgade rullgardin "Stålis" och han log och tänkte att det är sådant som Saxen skulle kalla "en tillfällighet" och inte "ett spår". Eller var det ett spår? Han noterade i huvudet att han skulle kolla om fru Olsson var en äkta strålis eller om det var så att Göran Skogsberg var skittrött på sitt jobb, le, sur och ohövlig.

– Nå, vad heter pojkvännen då? Han som har gjort

det. Göran gjorde ett försök att återupprätta förtroendet mellan allmänheten och poliskåren.

– Niclas Cederlund, han bor på Kommendörsgatan på Östermalm och han har en egen firma.

– Vet ni namnet på firman?

– Jaha då, det vet jag visst det och jag har alltid sagt till Gustav, min man, att det måste var något skumt med den där firman. Karin åker i stora bilar och det finns väl ingen hederlig firma som går så bra i Sverige så man kan åka omkring i stora bilar?

– Vad hette firman?

– Cederlunds filmarkiv, fru Olsson lät mycket nöjd med sig själv. Nu skulle det vara en lätt sak för polisen att gripa flickstackarens mördare.

Göran tackade för sig och för kaffet och lämnade fru Olsson och han tänkte på att han glömt att fråga henne vad flickan hette, men han antog att Saxen redan visste och dessutom hade han inte lust att ställa fler frågor. Han ville bli reseledare på Mallorca istället.
Det var trots allt två saker som fattats i förhöret med fru Olsson, om man nu kan kalla det för ett förhör. Dels hade hon inte talat om ifall hon var för eller emot polisen. Det brukar folk alltid kunna klämma in om inte annat så i en bisats och hon hade heller inte frågat honom om han kände en speciell polis. Brorsbarnet, grannens son som var polis eller bara områdespolisen och när hon frågat skulle Göran ha sagt, om han var på dåligt humör: "Det är som att åka utomlands och möta någon som känner en svensk, de frågar om man själv känner just denna svensk. Är man polis förutsätter människor att man känner alla poliser." Var han på bra humör brukar han istället svara: "Namnet låter bekant." Det sistnämnda svaret är att föredra, i synnerhet om man betänker att poliser numera ska vinnlägga sig om att vara charmiga.

Varför bröt damen mönstret? Även om hon var en strålis eller bara en sladdertacka så hade hon ändå uppfört sig mycket konstigt. Göran rynkade på näsan och tog de tre trapporna upp i några få kliv, han ville snacka med Saxen. Det var nu inte lönt för han gjorde skisser, markerade, fotograferade, talade in på band och letade spår och fynd och valde mellan spår, tillfällighet och normalt. Göran stannade redan i hallen och såg på Saxen att det skulle komma att ta hela dagen och han skulle inte släppa någon inpå sig förutom sina närmaste kolleger från tekniska roteln. Ett par grabbar, smålänningar även de, satt på huk och letade fingeravtryck genom att pensla dörrar och dörrfoder med svart kolpulver. Varje tryck förde de över på kriminaltejp, numrerade och katalogiserade. Medvetet, noggrant, envetet och rummet genljöd av småländska.

Göran vände på klacken för andra gången denna dag och gick ut till en radiobil som föreföll ha utvalts som spaningsledningscentral. I den satt två unga assistenter och höll korpgluggarna öppna. De mumsade på grillkorv och pommes frites. Stockholms korvmackor skulle ofelbart göra konkurs om polisen ändrade matvanor. Göran kände att han var enormt hungrig och sa till dem att han måste åka på tjänsteärende i tjugo minuter. E 4: a-baren låg lockande nära, det var bara att rulla Bäckvägen ner så kunde hungern stillas. Han valde köttbullar, potatismos gjort på pulver, väl uppvärmda små majskorn och lingonsylt och han sköljde ner alltihop med en lättöl. Det var skönt att sitta och hänga på en barstol och frossa på köttbullar som en vanlig människa. Åt vanliga människor köttbullar på en lördagsförmiddag innan de ens hunnit upp ur sängen? Antagligen inte men å andra sidan var det hög tid att sluta tycka synd om sig själv. Skiftarbete var det många som delade med polismakten och mord sker sällan på kontorstid och mord ska klaras upp.

Det var bara det att Göran inte trodde på mord. Det föreföll helt uppenbart att tjejen var full av piller och det skulle rättsläkaren kasta i nosen på dem. Span skulle fnissa då kärleksbreven kom fram. Då hade han, Saxen och fotfolket slängt bort en hel dag på en brud som förlorat sin älskare, Niclas Cederlund, och på jobbet skulle de garva åt honom. Gåtan var fönstret? Göran insåg att det var just fönstret som förmått Saxen att fatta beslut om stor undersökning.

Hemma på bordet låg traven med nattens anmälningar och högst upp hade Göran valt att lägga en anmälan som gjorts av en tjugofyraårig kvinna som hade rånats och som vapen hade gärningsmannen använt hennes baby. Han hade satt en cigarrettglöd tre centimeter från babyns näsa och påpekat att han skulle fimpa den där om kvinnan inte gav honom pengar. Det gjorde hon. Göran kände lust att få tag på honom.

Rånet kittlade honom och Göran Skogsberg avskedade sig själv som reseledare på Mallorca.

3

Nog var det mord alltid. För ovanlighetens skull var det ett snyggt lik och den mördade var Gabriella Marianne Gudmunsson och hon blev blott nitton år. Hon hade mördats genom att gärningsmannen sövt henne för gott med en överdos kloroform och om Göran inte hade börjat röka igen, efter många års uppehåll, hade han känt en svag doft av kloroform då han först beträdde lägenheten tillsammans med Saxen.

Saxen rökte inte och han insåg dessutom att det inte är sannolikt att en person slår in en ruta innan ett självmord begås. Av erfarenhet visste han också att det är svårt att klara upp mord, då liket inte utsatts för våld som automatiskt ger teknikerna blod, hår, avskrap och allsköns pusselbitar som ar av spårvärde.

Det var måndag morgon och styrkan var samlad för genomgång. Det var först på söndagskvällen som Saxen och rättsläkaren Torstensson blivit absolut säkra på att ett mord hade begåtts i den lilla förorten Hägerstensåsen och spangruppen hade förgäves sökt Niclas Cederlund som stod högst upp på förhörslistan.

– Hon dog natt mot lördag. Torstensson säger att vi kan rikta in oss på mellan tolv och sex, men med mera tonvikt på tolv än sex. Ingen granne har hört något eller sett något och vi har knackat dörr över ett stort område och de som inte var hemma har fått lappar om att de ska ringa Våldet, sa Saxon inledningsvis.

– Jag har hört portvaktstanten och hon vet säkert att det är en Niclas Cederlund som är gärningsmannen för han ser så mordisk ut, tillfogade Göran och flinade. Tänk att allmänheten tror att mördare ser mordiska ut? Dessa arma krakar som av någon anledning måste ha ihjäl folk.

– Vi har sökt Cederlund, men han är inte hemma och jag har satt två spanare på hans adress. Vi tar in honom så fort han dyker upp, jag har talat med åklagaren, sa Göran.
– Vem är det? frågade Linder förstrött.
– Lage von Roth, svarade Göran.
– Då kan vi lika gärna lägga ner utredningen på en gång, fnös Saxen. Det här är inget mord där mördaren lämnat autograf och bekännelse adresserad till Lage Vrängare precis, sa Saxen och för första gången nämndes Lages smeknamn som for genom huset gång på gång, år efter år. Mannen var känd för att tolka lagarna precis som det passade honom och han kunde aldrig förstå att inte tingsrätten hade samma lagbok som han själv. Han var världsmästare i att förlora mål för att han inget kunde, inget fattade eller bara stämde fel.

När någon misstänks är det åklagaren som skall besluta om ett anhållande, behöver man behålla personen i fängsligt förvar får åklagaren gå ner till en häktningsdomare och begära häktning som i allmänhet bifalls. Därefter ska åklagaren hålla i förundersökningen och om möjligt och om erforderliga bevis finns väcka åtal och genomdriva en rättegång och låta tingsrätten pröva åklagarens påståenden. Bakom detta arbete ligger tusen och åter tusen utredningstimmar, bunt efter bunt med protokoll och PM och ibland hundratals vittnesmål. Av hela detta stora material, där bara Saxens tekniska undersökningar kan utgöra fem tjocka pärmar, ska åklagaren ta ut det precisa, analysera fram kontentan och då krävs det att han satt sig in i målet och läst vad polisens utredningsmän kommit fram till. Det räcker inte med att bläddra förstrött och till och med glömma att ta med sig akten till domstolen eller virrigt kalla folk vid fel efternamn och inte veta vad det är för veckodag eller hur ett spår ser ut eller var brottsplatsbilderna finns, som en vaken advokat kommer att vifta med under sitt arbete som går ut på att tillvarata klientens intressen. Om nu klienten fått en advokat som är mer intresserad av målet än av Plazas caviarbar.
— Kommer han att behålla målet? frågade Saxen irriterat.

– Jadå, det kommer han garanterat att göra. Han hade jouren då det hände och eftersom han nu är så initierad, tack vare sin jour, lär ärendet "lottas" på Lage i alla fall, sa Göran. Dessutom är det mord på en ung, söt tjej och det väcker pressens uppmärksamhet och kan utgöra en garanti för att Lage kommer att slita hund för att få behålla ärendet och sola sig i massmediaglansen, fortsatte Göran.
De hade mångårig erfarenhet av Lage von Roth och det var ingen som trodde att han hade förändrats i någon nämnvärd utsträckning. I och för sig hade han fått spö av tingsrätten då det gällde "Humlegårdsmordet"a, så mycket spö en åklagare nu kan få då tingsrätten släpper den misstänkte mitt under pågående huvudförhandling utan att invänta Lages timslånga och mycket otroliga slutplädering. Men hade han lärt sig något?
– Skit i Lage! sa Göran.
– Jaha ja, vi har inte hittat ett enda spår och jag fick ett anfall av vansinne så jag tog upp hela hennes säng på roteln, berättade Saxen. Vi håller på och dam-suger den för tredje gången och det enda jag har hittat än så länge är en mikroskopiskt liten färgfläck som ser ut som smink och jag har sänt iväg det på analys.
– Inget mer? frågade Göran.
– Inget, sa Saxen dystert och skakade på huvudet. Ingentingl

De församlade männen suckade tungt, förutom Göran, Saxen och Linder bestod gruppen av två spanare. Stockholmspolisen hade nyligen omorganiserats så Span bestod numera av tre grupper, som vid behov tillkallades av de olika rotlarna inom polisdistriktet.
I Stockholm finns våldsroteln, fordonsroteln, inbrottsroteln, den nerlusade stöldroteln, specialroteln som går under namnet ”slasket” och dit hör bombningar, olaga vapeninnehav och till exempel bränder. Vidare håller man sig med en bedrägerirotel, skatterotel och det berömda ”snusket”, det vill säga sedlighetsroteln, dit poliser måste kommenderas för att tjänsterna skall fyllas.

Alla dessa rotlar delar på tre spangrupper, som de kontaktar då de behöver fotfolk som hämtar in intressanta personer, spanar fram folk eller ägnar sig åt varje polismans muntraste uppgift, att spränga illegala spritklubbar genom att med yxa förvandla inredningen till brasved. Det spelar liksom ingen roll om spritklubbens innehavare är villig att ta fram nyckeln för att blotta vad som kan tänkas finnas i en låst låda eller ett låst skåp. Det hör till att yxan skall fram och den tjänar ett speciellt syfte, nämligen att klubben måste genomgå en betydande byggnadsteknisk lyftning för att åter kunna tas i bruk. Man får anta att Span har socialborgarrådets, socialstyrelsens och nykterhetsrörelsens välsignelse, hur det än är med den saken så har spanarna förbannat roligt då de gör tillslagen.
Det två spanarna var inkallade för att delta under utredningen eftersom mordet på flickan Gudmunsson verkligen var ett så kallat spaningsmord. Bredvid liket satt minsann ingen gråtande och ångerfull fästman eller svartsjuk älskare och mördaren hade, som Saxen konstaterat, inte lämnat det minsta lilla spår efter sig. Spanarna Stig Eklund och Peter Fors ansågs av våldsroteln vara mycket dugliga och hade specialinkallats för att sniffa upp den okände gärningsmannen.

Stig Eklund och Peter Fors tillhörde de mer rumsrena bulldoggarna och de kunde till och med egenhändigt tillverka begripliga och lättöverskådliga promemorior över sin verksamhet. Något som inte var helt vanligt. Det är inte förenligt med deras jobb att vara ordningsamma, flitiga PM-tillverkare eller bära snygg kostym och attachéväska. Då blir man inte gammal som spana-re i Stockholm eftersom det luktar snut lång väg om hållningen är rak och gången patrullerande.
Stig Eklund var lång och reslig, som poliser brukar vara, men han säg minst av allt ut som en polis. Snarare kom man att tänka på en långtradarchaufför som sovit för lite då man såg honom i hans läderjacka, hans slitna jeans och väl använda boots och med ständiga påsar under ögonen.
Peter Fors var liten och satt och det var en gåta hur han kunnat ta sig in på skolan och slinka förbi den autoritära längdmätaren, men det sas att han kommit in på andra kvalifikationer. Begåvad och uppfödd i Stockholm och därmed automatiskt väl förtrogen med stadens speciella villkor, något som bara är förunnat dem som växer upp i larmet. Hans pappa var också polis och det är inte otroligt att det hade hjälpt till vid bedömningen av huruvida Peter Fors var lämplig som polis eller inte. Den minsta polisen i hela landet är 1.69 och tjänstgör i Malmö och Fors slog honom med fem centimeter.

– Vi har kollat på stan, sa Eklund. Det är tyst, inte ett pip! Det ser inte ut som om någon av de vanliga dårarna går lösa. Vi har kollat om det finns några kryssade personer ute från tokdoktorernas hotellverksamheter och det finns det, men det handlar om maktvåldtäktare och tösen var ju snyggt avlivad. De killar som var ute i helgen brukar inte lämna prydligheter efter sig precis och det här ser ju ut som ett oskuldsfullt mord, om uttrycket tillåts, sa Eklund och gned sin högra hand mot byxbenet. Det var en vana som var utmärkande för Eklund då han tvingades sitta still, en sysselsättning som föga tilltalade honom.
Peter Fors förblev tyst. Det var han alltid. Han var den av de två som tänkte först och talade sedan och dessutom var han lite blyg i sitt umgänge med de mer strikta kollegerna som befolkade rotlarna. Han kände också att han inte möttes med respekt av kollegerna och han tyckte att det var orättvist att rotelfolket inte satte värde på Span och han tänkte ofelbart på sagan om den fula ankungen. Nya narkotikaenheten KSN, Kriminalavdelningens Spaningssektion Narkotikarotel, hade fått stå som barn med tindrande ögon på julafton och peka ut all den utrustning som de ansåg sig behöva i sitt arbete för att blåsa knarkorganisationer i luften och Span fick nöja sig med inhyrda bilar, gamla bilar och bilar som förvånansvärt nog ibland gick att rulla med. Men aldrig då man behövde sätta pelle i botten.

Peter Fors var sur med andra ord och egentligen var det så att KSN var en ny enhet och en ny enhet har ingen gammal utrustning och måste därför byggas upp från början, ungefär som ett hem då man nyss flyttat hemifrån.
Men Peter Fors var sur ändå för KSN hade japanska tekniska medel till sitt förfogande som väckte avundsjuka hos en gammal spanare som inte ens hade en normal radio som fungerade.
Dessutom hade RPS, Rikspolisstyrelsen, och Stockholmspolisen i alla tider legat i fejd med varandra om metoder, utrustning och normer.
Fors fortsatte den traditionen.
– Hur gör man för att vinna erkännande? Ska man sy in busar åt utredningsmännen så de får lyckas eller ska man sitta på aschlet och skriva snygga PM hela dagarna? brukade Fors säga till Eklund.
– Äsch, skit i dem, sa alltid Eklund och sökte släta över det faktum att kolleger såg ned på Span.
På KSN var man rasande på Span då man misstänkte att vissa personer läckte ut uppgifter från polishuset till buset och att de hade svårigheter att skilja mellan god och ond och var i behov av att läsa ”Brott och Straff” istället för att åka omkring i de båtar de förmodligen köpt med mutpengar.
Intrigerna frodades, korridorpratet borde mätas av en tidsexpert och i polishusets café, ”Akvariet” simmade rykten alltid omkring.

Uppe i gamla polishuset borde PM, polismästaren, sitta och hålla ordning, men han var sällan där. Är han bara en fasad? Polishusets fasad är gjord av glasmaterial och Fors älsklingsuttryck när han hörde skitprat var:
– Snacka inte skit när du sitter i glashus!

Linder satt fundersam och tuggade på en avbränd tändsticka. Han var Lages man, Lages förtrogne och troligen även Lages informatör. En gammal polis som drabbats av akut rättssjuka, som inte längre kunde känna respekt för den ordning vi har i landet. Han utbrast ofta: ”Vad fan, har han inte gjort det här så har han väl gjort något annat då'ra?” Spårvärde var samma sak som bevisvärde och han hade totalt lierat sig med Lage von Roths syn på att brottslingar inte nödvändigtvis behöver bindas till ett brott, ett speciellt och utfört brott. Det räcker gott och väl med att de är dukade välfärdsbordet.

Vettiga poliser som Skogsberg, Saxen och även spanarna Eklund och Fors ställde sig bakom den traditionella svenska synen, att man hellre skall fria än fälla. Det skulle vara mycket obehagligt om det satt en person i fängelse som är oskyldig, betydligt obehagligare än om flera skyldiga går lösa. Det skulle därför heller inte falla dem in att lägga tillrätta eller hindra dem från att dela upp det som de sniffar fram i de två olika potterna ”spårvärde” och ”bevisvärde”. Fingeravtryck som överensstämmer med en aktad och daktad person är ett spår av bevisvärde, man kan nämligen påstå att just den personen satt sin tumme just där på den saken och om det då är ett mordoffers nattduksbord är det av bevisvärde. Men om man hittar en vinflaska hemma hos en person, som är omvittnad nykterist, är det ett spår som har ”spårvärde”. Man kan inte gärna påstå att vinflaskan bevisar att samtliga i Sverige som dricker vin varit på brottsplatsen. Men man kan anta att det är sannolikt att den man letar efter har druckit vin och då sätter man igång och letar spår av bevisvärde på flaskan, saliv som kan blodgruppsbestämmas eller andra avtryck ifrån den som hållit i flaskan.
Hittar man spår med bevisvärde då utbrister Saxen:
– Nu klipper vi till pojkar!

Det gjorde inte Saxen idag. Han var onormalt tyst, för han hade inte något att komma med, varken spår med spårvärde eller spår med bevisvärde. En enda liten mikroskopisk färgfläck som troligen skulle visa sig vara smink från flickan var det enda som Saxon hittat och kunnat säkra. Men han var en envis smålänning som aldrig ger sig så han skulle komma att dammsuga och glo i sin lupp, som han alltid bar med sig och kände sig avklädd utan, och han skulle en dag vara med om ett gripande av mördaren som sövt Gabriella Marianne Gudmunsson för gott med kloroform.
Ett gripande som gick till kriminalhistorien och som gör att vi medborgare kan känna oss lite tryggare, även om vi skulle råka mördas.
Förekomma mot något skäl till häktning, må han i avbidan på rättens beslut därom anhållas. Äro ej fulla skäl till häktning, må den misstänkte dock anhållas, om det finnes vara av synnerlig vikt, att han i avbidan på ytterligare utredning tages i förvar.
Beslut om anhållan meddelas av åklagaren.
Beslutet skall innehålla uppgift om det brott misstanken avser samt ange grunden för anhållandet.
RÄTTEGÅNGSBALKEN 24 KAPITLET, 5 §

4

Eklund och Fors fick larm från kolleger, som stått och vaktat Niclas Cederlunds adress, att musen kommit hem till råttfällan och de beslöt att slå igen den omedelbart.

Cederlund öppnade frivilligt och spanarna hade egentligen inte väntat något annat. Det var bara rövare, luder och småbus som vägrade att öppna eller hissade upp en hink urin som föll ner över statsmakten då de väl lyckats spränga dörren. Eklund och Fors var i och för sig erfarna och det var inte så ofta som de gick i någon snutfälla, men Fors hade så sent som förra månaden nästan fått pungen avsparkad av en ilsken och påtänd brud. Han var med andra ord försiktig och tog inga risker, även om Cederlund föreföll vara en vit person. Det fanns ingen akt på honom på Krim, och han lyste med sin frånvaro även i spaningsregistret vilket brukar tyda på att en person är hyfsat vit. Trots denna förhandsinformation om Cederlund lät Fors handen ligga redo på sin tjänstepistol som han förvarade i ett axelhölster i vänster armhåla. Han hade ingen lust att dö ung för att han varit oförsiktig, men han var ingen dåre, så därför lät han den ligga osäkrad i sitt hölster tills han vittrat avspänning i Cederlunds hall. Han bad att få låna toaletten och där inne säkrade han pistolen för att slippa skjuta höften av sig själv av misstag om ett skott skulle brinna av. Det är det enda den duger till, tänkte han. Fors var, som många poliser, dödstrött på ärtbössan som Rikspolischefen envisades med att kalla tjänstepistol. Den kunde inte skydda mormor ens, tänkte Fors. Möjligen duger den till att skada sig själv eller kolleger med.

Inifrån badrummet hörde han hur Eklund lågmält frågade Cederlund slentrianmässigt om hans bil. Han väntade väl antagligen på att Fors skulle återkomma på scenen, för att slippa stå där ensam och tala om vackra lik. Ett lik som Cederlund antagligen visste en hel del om.
– Känner du en liten nittonåring vid namn Gabriella Marianne Gudmunsson? frågade Eklund så fort Fors anslutit sig.
– Ja, sa Cederlund en aning förvånat.
Eklund spände ögonen i Cederlund och sa:
– Hon är död.
– Död?
– Ja, död. Mördad. Var var du i lördags natt, natt mot lördagen? frågade Fors och nu hade de bestämt sig för att saxa förhöret trots att de borde hejda sig, föra in Cederlund till Krim och låta Skogsberg själv höra Cederlund.
– Jag? Jag var väl hemma, sa Cederlund och kvällens fest med Björnligan spelades upp i hans minne.
– Väl hemma? För helvete grabben, var du hemma eller var du inte hemma? Eklund fräste.
– Jag var hemma till elva eller tolv.
– Sen då? frågade Fors rappt.
– Efter tolv gick jag ner till caféet.
– Vilket jävla café? frågade Eklund och snoppade en cigarr med tänderna. Snoppen spottade han obekymrad ut på det Cederlundska hallgolvet.
– Café Opera!

– Jaha du pysen, så du springer bland direktörerna på Café Opera? hånade Fors.
– Nu tar vi in honom, avbröt Eklund som inte gärna ville få skäll av Skogsberg. Det hade hänt förr och det var inte bra. Utredningen skulle bli nog plågsam ändå.

De for i ilfart till Krim. Människorna som såg deras färd genom stadens gator måste ha trott att ett akut kejsarsnitt var på väg där det handlade om sekunder för att rädda liv. Men så var det inte, det var Fors som körde som han alltid brukade. Möjligen var det hans sätt att köra bil som gjorde att Spans bilar ofta stod på verkstad?

Avrapporteringen skedde klockan halv sju på måndagskvällen och Göran Skogsberg hade åkt hem för att ta ett varmt bad och sedan lägga sig i sängen med en god bok. Men av det blev det inget, för han fick vända och åka ner till jobbet igen då Eklund triumferande ringde honom, mitt i badet, och serverade Cederlund på ett uppläggningsfat. Själv åkte de ut på stan, ännu var klockan bara barnet, och de ville utnyttja nattens kontakter och se om någon visste något om vem som tagit kål på tösabiten som legat så vackert som om hon var Törnrosa som skulle sova i tusen år. Namnet på prinsen som förfört prinsessan fanns där ute i nattens mörker och han måste sökas. Han skulle inte komma gående själv med kronan på huvudet.

– Jag heter Göran Skogsberg. Jag är kriminalkommissarie här på våldsroteln och jag ska höra dig om mordet på en flicka som heter Gabriella Marianne Gudmunsson, meddelade Göran och knäppte på bandspelaren och läste in sina standardfraser om tid, anledning och medverkande.

– Jag har rätt till advokat, sa Cederlund surt.

– Behöver du det? Har du gjort något som skulle kräva ett försvar? frågade Göran och försökte låta mycket förvånad. Han var i och för sig inte förvånad över att en sådan kille som Cederlund inte ville visa några spelkort alls utan att han hade en advokat att hålla i handen först.

– Nej, jag har inte gjort något, men jag vill ändå ha en advokat. Jag vill att ni ringer till advokat Olofsson sa Niclas trumpet och bestämt.

– Okay, jag ska fixa det! Göran reste sig och lämnade rummet och bad en på kansliet utanför att ombesörja så att advokat Olofsson stördes i sin middag. Göran var övertygad om att han snabbt skulle komma dängande med väskan i handen och slå ihjäl varje fråga och läsa lagen för både Göran och Cederlund. Mycket riktigt, det tog inte ens en halvtimme för advokaten att infinna sig på plats, redo att ta strid om principer, rättssäkerhet och hur alla dessa prejudikat, som han alltid åberopade, fick plats i hans hjärna var för Göran en gåta.

– Varför vill ni höra min klient? frågade advokat Olofsson.

— Ett mord har. . .
— Har ni bevis för att min klient kan vara på sannolika skäl misstänkt för att ha begått något brott? klippte advokaten av.
— Nej då, men jag har vittnesbevisning på att advokatens klient kände den mördade och enligt lagen har jag då rätt att höra Cederlund och jag har papper från åklagaren här. Göran räckte fram ett papper till advokaten som slet det ur händerna på Göran.
— Lage von Roth! Det var det jävligaste, är han kvar i stan? Advokaten fnös och han vände sig till Cederlund och sa:
— Här blir du inte gammal, det kan jag lova dig. Lage von Roth!
Alltid något, tänkte Göran. Vi delar åtminstone föraktet för Lage von Roth, även om jag inte dräglar så det skummar om det.
— Kan jag höra Niclas Cederlund nu?
— Jadå, gå på bara, men använd silkesvantarna, sa advokaten och lutade sig bakåt och knäppte upp översta knappen på den silverfärgade västen som Göran sett så många gånger förr. Hade advokaten ökat i vikt mån tro? Det såg nästan så ut, det var snart dags att knäppa upp även den andra knappen.
— Jaha, ja, Cederlund. Kände ni flickan Gudmunsson?
— Ja, jag . . .
— Mer behöver du inte säga, svara bara på hans frågor, instruerade advokaten sin klient.
— Var du hennes pojkvän?

— Jag har många flickvänner.
— Var hon en av dina flickvänner?
— Ja.
— Hur länge har du känt henne?
— Ett år, kanske ett halvår.
— Var träffade du henne?
— På Café Opera, sa Cederlund som om det vore det enda möjliga stället att träffa flickor på.
— Vad kallades hon? Gabriella eller Marianne?
— Gabriella, Gabbi.
— Jaha, ja. När såg du henne sist?
— I fredags eftermiddag.
— Var?
— Hemma hos henne.
— Vilken tid?
— Det minns jag inte, det var väl någon gång på eftermiddagen.
— Vad gjorde ni?
— Vad tror du?
— Jaha, ja. Det var ju intressant, du kanske har lämnat spår efter dig?
— Det tror jag inte, jag använder kondom.
— Jaha ja, vet du när du lämnade henne?
— Nej, men jag kom till stan vid femtiden och jag åkte i min bil, kommissarien får väl räkna ut tiden mellan Hägerstensåsen och Östermalm. Jag brukar köra lagenligt till skillnad från poliserna som hämtade in mig!
— Jaha ja, hade hon några fiender?
— Tror jag inte. Inte vad jag vet i alla fall.
— Kände hon någon brottsling, någon våldsman?

— Nej.
— Vet ni det säkert?
— Jag tror inte det. Hon var inte sån.
— Var befann ni er på kvällen?
— Stopp där! Är min klient på sannolika skäl misstänkt för något brott?
— Nej, men om advokaten vill kan jag ordna det, jag kan ringa jourhavande åklagare och meddela att Cederlund erkänt att han kände den mördade och jag tror faktiskt att det räcker! Ska vi ha ett anhållande?
— Okay då, sa advokaten och nu spände den andra knappen betydligt.
— Var befann ni er på kvällen, natt mot lördag? upprepade Göran.
— Jag var hemma till tolv på natten, sedan gick jag till caféet.
— Var ni ensam?
— Ja, jag var ensam hela kvällen.
— Tack, då är förhöret slut. Göran stängde av bandspelaren efter det att han angivit den exakta tiden.

En sekund i sju på tisdagsmorgonen var Göran som vanligt på sitt kontor. Han satt och lyfte på de fotostatkopior som Saxen så frodigt och desperat spred omkring sig. Inte ett spår! Genom flickans mamma, som man fått kontakt med via UD och som befann sig på semester i Spanien, fick man veta att flickan hade legat och sovit i mammans säng och inte i sin egen och det förvånade både mamman och poliserna. De kunde inte förstå varför hon legat där och inte i sin egen säng, som det inte föreföll vara något fel på, i ett rum intill mammans.
Modern hade också sagt att hon lämnat Stockholm sent på fredag förmiddag och att hon då bäddat med rena lakan i sin säng. En snabb signal till en ytterst sur och nyvaken Niclas Cederlund hade bekräftat att han inte legat i mammans säng utan i flickans säng på eftermiddagen. Eventuella spår i sängen måste därför härröra antingen från flickan eller gärningsmannen.

Varför hade hon sovit i mammans säng och inte sin egen? Det ville Göran veta, han kände att det var av avgörande betydelse att han fick klarhet i denna gåta. Han kände igen vittringen av otillfredsställd nyfikenhet och framför allt kände han lusten att ta ett schackparti med denna okände gärningsman. Vem av dem skulle vinna, mördaren eller Göran och Saxen? Mordutredningar är nu en gång för alla ett spel och det handlar om att värna om sin försörjning av möjliga drag med de olika pjäserna. Ett spel också för att det ofta är tillfälligheten som gör mördaren och lika ofta är det tillfälligheter som gör att mördaren åker fast. Det var motståndet från denna okända gärningsman som gjorde att Göran morgon efter morgon segade sig upp ur sängen och gick till jobbet med spänst i stegen. Det behövdes bara ett ordentligt, hederligt mord så var han vaken och beredd att ge sitt yttersta för att knäcka motståndaren vars schackpjäser han ännu inte ens sett skuggan av. Men de fanns där, det handlade bara om att leta, leta, glo och spana. Tänka och känna, leka och fantisera och spåna med polarna uppe på kafeterian, invid polishusets simbassäng där blöta polismän sökte hålla konditionen uppe för att ha en chans att orka med tröttsamma och sena kvällar med endast nattljuset från taket som sällskap.

– Om inte en mördare grips så beror det på att jag är på semester, brukade Saxen säga i de lägen där en utredning såg ut att dö och rinna ut i sanden för att hamna som en akt i en dammig källare, i arkivet på nedre botten i det stora polishuset på Bergsgatan i Stockholm.
– Vi tar honom, Göran! sa Saxen som just släntrade in genom dörren iklädd sin vita rock som gav intrycket av att han tillhörde läkarkåren istället för poliskåren.
– När då?
– Närmare jul! Saxen flinade.
– Äsch, håll käften på dig!
– Jag har fått svaret på färganalysen.
– Ja? Göran väntade otåligt. Tänk att Saxen alltid skulle sitta och låta karamellerna smälta i munnen innan han spottade ut dem till allmänt beskådande och lät även andra uppleva dem, slicka på dem och möjligen svälja dem.
– Det var inte smink.
– Va?
– Nej, min gode man, det var inte smink. Färgen innehöll blycromat och det får inte finnas i smink vare sig i Sverige eller utomlands, inte ens i lilla Luxemburg, för det har jag kollat nu på morgonen!
– Vad var det då?
– Det vet jag inte, inte ännu. Men jag är etthundra procent säker på att färgen inte var smink och jag tror att färgen är just vad jag säger, färg.
– Färg?

— Ja, pulverfärg.
— Pulverfärg?
— Ja, hör du dåligt? Pulverfärg, färg som finns i pulverform i vilken färgaffär som helst.
— Hur har den kommit dit?
— Det är väl din sak att ta reda på? Du kan be Fors spana fram det åt dig. Saxen slog sig ner på en stol i Görans rum. Han tänkte tydligen bli långrandig, kanske hade han mer att berätta?
— Färg, upprepade Göran.
— Ja och vet du vad jag tror?
— Nää.
— Jag tror att han var sminkad!
— Vem?
— Mördaren, sa Saxen. Så nu tar vi honom, närmare jul.
— Ja, det skulle vara Lage då som syr in honom på en mikroskopisk bit pulverfärg, fnös Göran och bibehöll sin självpåtagna dysterhet.
— Nej, men nu har vi ett spår och jag säger det igen, Göran, jag tror att han var sminkad!
— Varför? Skådis?
— Det är väl din sak att ta reda på, nu vet du att det är färg eller i vart fall inte smink. Hon var förresten helt osminkad, vi hittade inte så mycket som ögonskugga på henne. Saxen reste sig och lämnade över till Göran att nu gå vidare i en utredning som såg ut som en bedrövelse. PM-bunten var tunn och det hade börjat hagla ute också, det fattades bara det. Tänk om det är en skådespelare? Göran rös vid blotta tanken. Hur får man träff på en skådis?

På eftermiddagen släntrade Fors och Eklund in genom dörren och de såg ut som sina egna gengångare. Var hade de hållit hus?
– Jobbat! sa Fors.
– Hela helgen, tillade Eklund.
– Det är inte alla som har ledigt bara för att det är helg, informerade Fors och Göran snuddade vid tanken på att de lät precis som Bill och Bull och själv var han väl Pelle Svanslös då?
– Fått nått? frågade Göran och ögnade igenom några PM från fotfolket som hört grannarna.
– Hon blev förföljd av en man.
– Hon var rädd för en man, tillade Fors.
– Kom igen nu grabbar, jag vet att ni gjort ett stort jobb och att ni inte har det lätt, släpp på grannlåten nu, vädjade Göran.
– Vi har nosat upp hennes väninna, som Linder hört utan att reagera, en Eva Birgitta Maria Dahl, tilltalas Eva och hon säger att Gabbi var rädd för en man som jagade henne på fredag förmiddag och hon hade sagt till Eva, väninnan alltså, att hon skulle sova i sin mammas säng ända till mamman kom hem från Spanien, för där fanns telefonen nära tillhands.
Göran visslade till. En pusselbit fanns på plats och nu återstod bara ett par hundra till, men det är de första bitarna som är viktiga om inte annat så för modet och självförtroendet och för att det inte ska gå helsnett från början.
– Sa hon något mer om mannen? frågade Göran.

– Jadå, han skulle ha följt efter henne, men väninnan hade inget signalement att ge som var taget ur regelboken precis. Hon uppgav att det hade varit en ”stor” man, sa Fors lågmält och Göran tänkte att han hade gått och blivit pratsam på gamla dagar.
– Mordisk? frågade Göran.
– Ja, nått ditåt, jag tror också att det är en efterhandskonstruktion, jag tror vi kan glömma det.
– Så har vi kollat den där Cederlund som det luktade pissråtta om och han ljuger, sa Eklund med påfallande munterhet.
– Ljuger han?
– Ja då, han ljög för dig, du sa att han hade sagt att han var ensam på kvällen och det är båg, han var ihop med en hora som vi har hört. Hon lekte dessert på en fest han hade med en sjuhelvetes massa folk som gäster, sa Eklund.
– Dessert? Göran såg frågande ut.
– Ja, de la henne på ett biljardbord och smetade in henne med vispgrädde och garnerade henne med jordgubbar och för det fick hon tusen spänn, men vi har lovat henne att inte dra in snusket eller skatteroteln och hon har fått mitt hedersord på det, sa Fors.
– Fors hedersord är mycket värt på stritan ska du veta!
Göran nickade. Han förstod det och han tänkte inte bränna de båda spanarnas horkontakter på Malmskillnadsgatan.
– Dessert? Göran smakade på ordet.

– Ja, så där är de, på Öfvre Östermalm. Det är sånt som min farsa skulle ha kallat fritidssysselsättningsproblem, muttrade Fors. Göran nickade för han kom ihåg Fors farsa. Det var en vän av ordning, reda och pengar på fredag och det såg man på Fors, han var sin egen pappas raka motsats.
– Så han ljög? Göran blev eftertänksam.
– Ja, vi kände att det luktade om honom så vi slog en koll, flinade Fors.
– Det är bra grabbar, sa Göran och han menade det också.
– Har inte Saxen varit här och klippt till än? frågade Eklund.
– Jodå, han säger att vi kommer att gripa en sminkad mördare närmare jul! Göran berättade vad Saxen sagt om färgen.
Spanarna såg ut som frågetecken och Göran kände sig som ett. Men att färgen var viktig det visste de, av erfarenhet, folk sprider inte färg som innehåller blycromat omkring sig hur som helst, det är inte vanligt antog de och då var det ett spår. Allt ovanligt måste betraktas som ett spår.

– Så han ljög den jäveln! sa Göran en gång till och han grep luren och ringde till Lage von Roth. Lage avskydde folk som ljög för överheten och det var nog för ett anhållande och det beslutet fattade han med lätthet. Fors och Eklund åkte ut för att gripa Cederlund och Göran beställde tekniska roteln till det Cederlundska hemmet, här skulle det letas efter färg som innehöll blycromat.

En timme senare satt Cederlund, spanarna Fors och Eklund och en andfådd advokat Olofsson i Görans rum och förhör nummer två togs upp på band med Cederlund som huvudagerande. Han agerade dåligt, han fortsatte att ljuga och han var rysligt indignerad över att Fors hora skulle ha större tilltro än han själv och han hade aldrig någonsin smetat in någon med grädde och jordgubbar, det var det värsta han hade hört. Trodde de att han var obscen? Advokaten såg ut som om han noterade receptet då Göran radade upp vad Niclas Cederlund skulle ha pysslat med på fredagens afton. Kanske skulle det bli ett litet tips till juriststuderandena att utföra i deras lokal på Inedalsgatan?
– Horan ljuger! Cederlund lät bestämd.
– Ni har inga som helst bevis, sa advokaten.

– Tänk för att vi har det, sa Fors. Jag råkade ta ett avtryck på sedeln som horan fått av Cederlund och som hon lustigt nog inte hade hunnit bränna. Möjligen för att hon inte går på heroin, och jag råkade gå förbi tekniska rotelns fingeravtrycksexpert nummer ett, Strid, och jag bad honom jämföra trycket på sedeln med ett tryck som jag råkade ta inne i Cederlunds badrum på hans egen spegel där han vilat tassarna ordentligt.
– Ni har ingen rätt. . .
– Rätt och rätt, anmäl mig då. Men Cederlund kan få lämna ett nytt tryck här uppe så vi får akta och dakta honom, så får advokaten se att det är samma jävla tryck på sedeln, på spegeln och på den äkta Cederlundska handen! sa Fors och gav fullständigt fan i att han avbröt en av Stockholms bästa och skickligaste brottmålsadvokater, som sedan länge var ilsken över motståndarnas överläge på den tekniska och utredande sidan.
– Fem minuter med min klient, sa advokaten surt och poliserna lämnade rummet. Det var inte avlyssnat men ändå sänkte advokaten sin röst så mycket han kunde, för han ansåg sig ha dåliga erfarenheter av poliskårens klåfingrighet med mikrofoner.
Fem minuter gick och det blev sju också innan advokaten vinkade in polismännen i det kala förhörsrummet igen.

– Min klient har inte begått något brott, det är inte olagligt att smeta in prostituerade med grädde. Han medger att han gjort detta och det betyder, mina herrar, att Span själva har försett min klient med alibi för fredagskvällen!
Advokaten log sitt allra vackraste leende.
Fors tände inte på det. Han log tillbaks och fräste:
– Till tjugo minuter i tolv, ja. Då gick horan, men sedan då?
– Min klient var tillsammans med vänner på Café Opera.
– Namn, adress, nummer, personnummer tack, Göran såg bister ut.
– Jag kan inte lämna ut det, sa Cederlund dröjande. Polismännen var vana vid att vänta, så de väntade lika tålmodigt som vanligt.
– Ni får tro mig på mitt ord, jag har inte mördat henne.
– Namn, adress, nummer! upprepade Göran.
– Jag kan inte.
– Ni är anhållen! Göran tryckte ner en knapp på snabbtelefonen och bad någon okänd röst att ombesörja transport av Niclas Cederlund till arrestlokalerna.

5

På häktet satt Niclas Cederlund och svettades och han hade inget val. Han kunde inte lämna ut namn och adress till Björnligans medlemmar, han skulle aldrig någonsin förlåtas för något sådant.

Men han hade glömt bort att Fors och Eklund existerade i Stockholms poliskår och de var inte dummare än att de begrep att Cederlund hade motiv att inte tala och de var inte dummare än att de fattade att han säkert inte var någon mördare. Man älskar inte med en nittonåring på eftermiddagen, som man sedan åker ut och söver för gott mitt i natten med kloroform. Det lät för otroligt, i synnerhet som de nu visste vad som förekommit i det Cederlundska hemmet under fredagskvällen. Nej, det var nog säkert som amen i kyrkan att Cederlund hade lämnat sitt hem med de ”trettiotal unga män i snygga kostymer” som horan talat om och det var säkert så att de gått ner till Caféet, deras andra hem.

– Tajm att svida om, sa Fors och Eklund nickade instämmande. De drog iväg och köpte kläder som de tog kvitton på för att norpa ersättning ifrån förundersökningskontot väl medvetna om att det skulle möta motstånd. Det blev hyfsat trendiga svidar och Fors gick till och med och klippte sig och de båda herrarna rakade sig extra noga och öste på sig något dyrt rakvatten. De luktade allra minst hallick.

– Hur fan tar man sig in där? Man kan ju inte komma dragande med polislegget! Fors lät oroad.

– Grejar sig! sa Eklund och fattade tag i telefonen och slog ett nummer som han hade i sitt minne.

— Tjena, Eklund här! Du är skyldig mig en tjänst, se till att jag och Fors kommer in på Café Opera ikväll och håll igen truten! Ja, Span på mord, sa Eklund i telefonen till någon som han talade med. Vem, ja det skulle inte ens Fors få veta.
— Det är grönt, vi är två journalister från landsorten, passar Gävleborgs län? frågade Eklund sin kollega Fors.
— Hur ser det ut där? Fors såg frågande ut.
— Blommor och blader och höns och kor, och man står på torget och ber till Gud att man ska få sätta klackarna i asfalten på Sveavägen åtminstone en gång till i livet.

Halv elva gled de in, journalisterna från Gävleborgs län och Eklund hade kommit hem och hämtat Fors i hans bostad i Rågsved och han hade försett Fors med ett stycke falskt presskort.
— Var fan får du allt ifrån?
— Polare, sa Eklund torrt.
— Svarta eller vita?
— Grå, grå som gråkappan på Karl XI som red ut anonymt för att få se hur jävligt folket hade det, svarade Eklund.
— Jaha du! Fors teg. Något annat var inte lönt.
— Det var ena jävla lyktor de har här, Fors tittade misstänksamt på kristallkronorna vars omfång nog kan beskrivas som extra ordinära och som får den fantasifulle att önska sig en slangbella.

Kvällen gick och vid tre var de båda halvrunda under fötterna trots att de druckit endast Club Soda med is och citron, men det var för syns skull och jobbar man på Span så krävs nästan en grundkurs på scenskolan. Tänk att det inte är någon som fattar varför Span inte kan skriva PM om sin verksamhet? Hur beskriver man i en PM som ska läsas, arkiveras och diarieföras vad en hora viskar i ens öra? Ska man skriva PM om en natt på Café Opera som man genomlider i nya svidar? Ska man skriva PM om ensamheten där nere blir det en hel roman.

Dagen efter kom de upp till Göran och summerade.
– Han var ihop med polare, vi vet det. Vi kan gå ed på det.
– Hur vet du det? sa Göran till Fors som så gärna ville gå ed för Cederlunds räkning.
– Jag vet det, jag lovar det och jag vill att du släpper ut honom nu. Polare på Span kan ta reda på varför han är rädd för att röja sina kompisar som faktiskt kan ge honom ett heltätt alibi för hela natten fram till sex på morgonen, menade Fors.
– Var han ute till sex?
– Jajamensan och det var fan så nära att vi också var det i natt, skriv på övertiden här! Eklund slängde fram lappen på tiden och på svidarna.
– Kostymer!

– Enda chansen att komma in! I alla fall för oss, vi vet inte hur trendiga kläder ser ut, vi hade inte haft en chans utan svidarna, sa Eklund surt.
Göran suckade.
– Blir det PM på det här?
– Nää, det kan ni klottra på själva, vi ska ut och jobba. Fors smällde igen dörren och försvann ut till verkligheten.
Tänk att de aldrig kan skriva en rapport, tänkte Göran. Bara utlägg och inga rapporter. Varför har de haft utlägg? De har jobbat! Var är rapporten på det då?
Göran hörde hur hans chef skulle muttra och därefter chefen över honom och till slut skulle någon ruska på huvudet och säga:
– Så där är de!
Göran ringde till Saxen och bad om råd, han berättade vad spanarna hade sagt.
– Släpp Cederlund! Fors och Eklund är mycket bra, glöm inte det Göran, lita på dem. Säger de så, ja då är det så och de har säkert skäl att tiga.
– Även för en kollega? frågade Göran tveksamt.
– Ja vad fan, polishuset läcker som ett såll. Du måste förstå grabbarna, bli inte osams med dem. Släpp Cederlund, du.
– Vad ska jag säga till Lage?
"Skit i Lage".
Saxen la på.

”Skit i Lage”, det kan han säga. Göran funderade, jo han kunde låta Lage tro sig bestämma. Han slog numret till Lage som av någon underlig anledning inte satt upptagen i en egenhändigt utlyst presskonferens.

– Vi kan få fan om vi håller Cederlund, det finns inga sannolika skäl längre. . .

– Släpp honom!

– Om du så vill så, okay då. Jag släpper honom.

– Släpp honom, nu!

Så går det till när Lage von Roth bestämmer. Göran slog sig för pannan och tackade sin Gud för att han inte var kriminell och beroende av sådana som Lage för sitt uppehälle. Som polis stördes han mindre, för en buse måste Lage vara outhärdlig, tänkte Göran och meddelade häktet att Cederlund skulle försättas på fri fot omedelbart och utan förklaring. Han kunde gott få undra.

En timme senare ringde advokat Olofsson till Göran och frågade varför hans klient blivit försatt på fri fot. Göran fann sig blixtsnabbt:

– Vi har en misstänkt, men du tiger va?

– Jadå, som muren, försäkrade Olofsson och la på luren.

Två timmar förflöt och ingen journalist ringde. Tydligen höll Olofsson ord eller så hade han varken tid eller lust att babbla i telefonen med pressen. Han stod något högre upp på intelligensskalan än Lage, det hade han visat upprepade gånger i rättssalarna där han gjort äppelmos av Lage och hans bevisningar. Göran kunde inte låta bli att känna en viss förtjusning över den saken. Olofsson var en besvärlig jurist, men han var ingen skitstövel och det var Lage. Strax efter det att Göran låtit släppa Cederlund och avklarat samtalet med advokat Olofsson kom Linder in på hans rum. Linder hade hållit i förhören med grannar och vänner till offret. Det hade visat sig att flickebarnet hade ett enastående register av vänner, dessutom dagbok, brev, telefonböcker, kopior på hennes egna brev och massor med foton. I en mängd och en trängsel som gjorde att Göran blivit orolig för att Linder inte skulle klara upp att sortera i rätt högar. Han litade inte riktigt på Linders förmåga här i livet.

– Jag är klar med min bild av henne nu, sa Linder försynt och Göran hälsade honom välkommen in på sitt tjänsterum genom att vifta med handen. Samtidigt ringde han till växeln och meddelade att han skulle bort på tjänsteärende och inte ville ha upp samtal till sitt rum.

– Jag har läst igenom alltihop och hon hade många vänner, flickan, och jag har hört de flesta och ingen, absolut ingen, kan begripa varför någon skulle vilja mörda henne. Den enda misstänkte jag har fått fram ordentligt är Niclas Cederlund, han lär ha ett hett temperament och blir lätt arg.

Göran suckade inuti sig själv. En person med heta känslor mördar inte Törnrosa, han jagar henne runt lägenheten och sätter skräck i henne först. Aggressionshämningar har blivit en folksjukdom och alla normala kallas ”hetsiga”, tänkte Göran. Dessutom hade Niclas Cederlund alibi.

– Cederlund är grön, sa Göran.

– Säker?

– Ja då, helgrön. Mer?

– Ja, så var det den här okända mannen som skulle ha skrämt henne och hon har tydligen haft för vana att skriva i sin dagbok dagen efter, fredagen finns helt enkelt inte med. Den är blank och det är bara en väninna som säger så och hon verkar vettig. De träffades på fredagseftermiddagen och de gick och postade brev tillsammans, tvärs över Hägerstensvägen vid stora posten där. Sedan skildes de åt för gott.

– Grannarna då?

– Jag har talat med alla och de som vi la lappar hos i brevlådorna har svarat, alla utom en som bor inneboende hos en tant på Hägerstensvägen. Han lär heta Lars Bertilsson och han är inte aktad här uppe och han har tydligen nyss kommit till stan, han studerar visst och jag har bett hyrestanten två gånger att tala med honom men han hör ändå inte av sig till mig.

– Det luktar! Göran tände en Prince. Han var nu uppe i sin forna normalkonsumtion bestående av minst fyrtio cigaretter per dygn trots alla heliga löften om en låg nivå.

– Ja, det luktar, det håller jag med om.

– Vi ska kolla honom. Jag sätter Span på honom! Göran gjorde en minnesanteckning på ett block han hade framför sig i röran av alla papper.

– Portvaktstanten har varit på mig och tjatar om den där Cederlund, sa Linder.

– Tjatar?

– Ja, det verkar som om hon vill att det ska vara Cederlund, ja hon tjatar.

– Jag skulle kolla om hon var strålis men jag har glömt det, sa Göran.

– Jag har kollat henne och hon finns inte hos oss och jag har hört mig för. Det konstiga är att Svensson på snusket säger att en klocka ringer, men han får inte fram rätt kyrkklocka! Linder såg fundersam ut.

– Det kan väl ändå inte vara portvaktskärringen? frågade Linder.

– Nejdå, Torstensson hittade spermier, blodgrupp A, det är ingen tvekan om att hon dödades med kloroform och därefter våldtogs och det klarar inte portvaktskärringen, möjligen gubben. Vad hette han nu igen?
– Gustav Olsson, sa Linder upplysande och Göran noterade att Linder varit noggrann, mer än vad man väntade av honom som längtade till landet och till pensionen och inte längre hade några illusioner kvar.
– Aktad?
– Nej, han är grön här uppe. Jag har kollat Spans register också.
– Du, Linder! Det luktar om killen på Hägerstensvägen som inte vill tala. Bra jobbat!
Linder nickade, reste sig mödosamt och gick.
Via radion efterlyste Göran Skogsberg de båda spanarna Fors och Eklund och de kom efter en halvtimme. Sov de aldrig? De såg ut som om de inte varit ur kläderna sedan flickebarnet hittats och det var inte helt otroligt att det var på det sättet. Fors och Eklund tyckte om att arbeta och få fram resultat.
Göran berättade om killen, vars namn och adress Linder gett honom och de nickade tyst och gled ut på ett nytt uppdrag. Säga vad man vill om grabbarna, men jobba kan de, tänkte Göran då han såg deras skrynkliga jackor försvinna ut. Inte pratade de mer än nödvändigt heller.

Göran fattade telefonen och sökte Svensson på "snusket" och han hade mycket riktigt en klämtande klocka i huvudet och Göran tjatade och bad honom bemöda sig att minnas.
– Okay, jag ska dricka en hela whisky ikväll, så återkommer jag. Minns jag något i morgon får du betala den. Svensson garvade rått. Göran var benägen att säga "ja", men då hade Svensson redan lagt på och möjligen var han redan på väg till bolaget på Agnegatan för att fixa sig förlösande medel.
En helt nykter Svensson ringde redan efter en kvart och skrek i luren:
– Det är för helvete Olssons föräldrar!
– Vilken Olsson?
– Kent Olof Olsson, dömd nio gånger för våldtäkt och kryssad lika många gånger. Jag har akten här, sista gången han greps var i juli i år då han förstört livet på en tös i tjugofemårsåldern som inte gjort något annat än att hon öppnat åt en man som hon flyktigt kände och som snällt frågat om hon hade tre cigaretter att sälja mitt i natten. Sedan höll han henne i fem timmar och hon hoppade ut genom fönstret på tredje våningen, utan att öppna. Han greps, nekade men dömdes på hennes vittnesmål, rättsläkarens yttrande och teknisk bevisning. Han fick sluten psykiatrisk vård för nionde gången och jag tror de körde honom till Karsudden, han bör ju sitta kvar där för vi är bara inne i oktober än.

– Det vete fan, rekordet är väl tio dagar? De måste släppa ut dem så fort de blir friska, man kan inte hålla friska personer inspärrade på dårhus, det går inte, sa Göran.
– Ja, jag har alltid sagt att de där borde dömas till ett bestämt tidsangivet straff och om de är tokiga kan de bebo en psykavdelning inom kriminalvårdens ram och när de blir friska kan de överföras till kåken, suckade Svensson.
– Säg det till politikerna du, sa Göran trött.
– Ring Karsudden du, hans personnummer är 451027-0376, lycka till!
– Har du blodgruppen i akten?
– Jadå, sa Svensson och bläddrade bland sina papper, Olsson har A.
Jävla stråltant, tänkte Göran ilsket. Snacka om rundsmord i käften! Så sitter hon och tronar på en son som är kryssad för nionde gången efter ruskiga våldtäkter som är av sådan art att man inte begriper någonting. Skulle han verkligen kunna utföra ett Törnrosamord? Göran blev med ens tveksam men insåg att var det något han skulle gå till botten med så var det fru Olsson och hennes ohängde son.
Han ringde till Lennart Ström på polismästarens kansli, som hade som hobby att ta hand om stråltanterna, om bara växeln eller informationsavdelningen fattade att det var en strålis på tråden.
– Tjena, Skogsberg våldet här, känner du någon strålis som heter Olsson på Hägerstensåsen? Fan jag har inte hennes förnamn!

– Hon heter Josefina och mannen heter Gustav och den lille sonen heter Kent Olof Olsson och är våldtäktsman, kryssad och garanterad dåre, sa Lennart Ström lugnt.
– Svårartad strålis?
– Nej, det tycker jag inte. Jag hade inte hört av henne på länge, men hon hade ringt och sökt mig här i lördags såg jag på en lapp och då hon inte fann mig terrade hon någon på våldet, vem vet jag inte.
– Har du hört av henne sedan lördagen?
– Ja, jag ringde upp henne i måndags morse. . .
– Ringde du upp henne?
– Ja givetvis. Då tror de att man tar dem på allvar och då håller de sig lugna. Men den här gången var hon helhispig, sa Ström.
– Tror jag det, hennes käre son kanske begick ett mord i kåken där hon är portvakt i lördags natt, natt mot lördagen, sa Göran.
– Lilla tjejen som inte har några skador?
– Ja, just hon.
– Tror du? Han brukar vara ruskig och hon var väl ett vackert lik av vad jag har hört.
– Jo, men de kan faktiskt ändra sig.
– Jag ringer dig direkt om och när hon ringer igen. Vill du ha det bandat då?

– Ja, tack. Det vore hyggligt av dig. Vi hörs!
Göran förbannade sig själv att han hade varit så svårväckt den där mordmorgonen. Men han var som en bandvagn, svår att få igång men när det väl rullade, ja då rullade det på ordentligt. Nu kände sig Göran riktigt rullande och i form för att spela spelet med många personer. En av dem kunde vara mördaren. Killen som av någon underlig anledning inte ville höra av sig eller Olssons son, återfallsförbrytaren som kryssades oftare än vad Göran satte kryss i lottokupongen. På Karsudden var alla huvuden hemgångna, om det nu överhuvudtaget fanns några huvuden där. Var det inte på Karsudden som läkarna slogs med varandra, stämde varandra och idkade alldeles normal terror mot varandra? Jo, det var det bestämt och dem skulle han tampas med i morgon. Tampas, för de har alltid rätt i kraft av sin auktoritet och inte heller poliser kan bryta igenom en läkares auktoritet oavsett om det bara är svammel. Göran tyckte inte om psykiatrikerna, ibland fick han till och med för sig att de nästan anpassat sig till dem de skulle räta upp istället för tvärtom. Han var glad att han inte jobbade på ett sådant ställe, våldsroteln kändes betydligt trivsammare i synnerhet då det började hända lite saker.
Saxen kanske har rätt, vi kanske griper en mördare närmare jul? När är det? Närmare jul? Ja, det kan vara i morgon, om en vecka eller en månad. Någon dag, närmare jul.

Göran gick hem, drog ur jacket, la sig i ett bad och somnade med en bok.

6

Niclas Cederlund släpptes ut från häktet, fick sina civila kläder åter och gick omedelbart ner i tunnelbanan vid Rådhuset och ringde två samtal. Det ena till advokat Olofsson och det andra till Björnligans ledare. Det var inte ofta som Niclas ringde till honom, men situationen var extraordinär.

— Du kan inte ringa mig och du får heller inte träffa någon av de andra på länge. Du har säkert Span på dig. Mannen la på luren.

Niclas hade anat att det skulle gå så och han insåg att det var lika bra att han satt i karantän ett tag. Med yttersta försiktighet kikade han bakom sig för att se om han hade någon från Span i hälarna, men han kunde inte se någon. Han visste inte om det berodde på att de inte fanns, eller på att de är skickliga och finns utan att synas och höras.

Bredvid honom på perrongen stod en ung dam som såg ut som en småskollärarinna med knut i nacken, välmålad och med ett svart paraply i handen. Lite trist typ, tänkte Niclas då deras blickar möttes. Han hade ingen aning om att hon var speciellt duktig på kroppssporter och en synnerligen välutbildad polis. Han märkte ingen av dem som under en vecka fanns i hans närhet och eftersom han lät bli att använda telefonen kom poliserna från Span aldrig underfund med vad han egentligen höll på med. Han skötte sin firma, åt på vanliga krogar, gick på bio och slog en lov i Kungsträdgården någon kväll och inget av det han gjorde var ens värt det PM man senare skrev ut. Men han fanns i Spans register såsom varande intressant. Karantäntiden innebar också att Niclas Cederlund vilade upp sin lever ordentligt, så något gott förde det med sig även om det kändes underligt att möta folk som inte hälsade och han saknade sina polare. Han kände sig ensam.

En hel natts sömn kändes som en befrielse och Göran vaknade vid sextiden på morgonen och hjärnan var åter redo att ta upp kampen mot brottsligheten.

Den kampen bestod i att han omedelbart åkte ut till portvaktstanten, fru Olsson, och denna gång hade han med sig en bandspelare och just som han skulle ta ut den ur bilen ångrade han sig och beslöt sig för att istället ta in tanten till Krim och skaka om henne lite. Med bestämda steg gick han mot Lotterivägen 21 och ringde på hennes dörr, på bottenvåningen längst ner till höger. Den mördade hade bott längst ner till vänster, det skilde kanske tre meter och Göran visste, via kontroll med Karsudden, att Olssons son hade haft permis den aktuella helgen.

– Goddag, fru Olsson, sa Göran då hon öppnade.

Hon tittade på honom och såg inte ut som om hon kände igen honom.

– Det var jag som var här och hörde fru Olsson förra lördagen!

– Har ni fått tag på honom?

– Nej.

– Men ni fick ju adressen av mig, sa hon indignerat.

– Niclas Cederlund, ja honom fick vi tag på. Men vi har ännu inte fått tag på mördaren. Skulle fru Olsson vilja sätta på sig ytterkläderna så ska vi åka in till Krim och talas vid lite.

– Nej se det går inte, jag ska ha tvättstugan idag och Gustav är krasslig.

– Jag måste nog stå på mig, ni ska åka med mig till Krim.

– Varför då?

– Jag vill höra fru Olsson, sa Göran kort och han undrade vad han skulle ta sig till om tanten vägrade. Han kunde inte gärna bära ut henne till bilen, det vore dålig reklam för polismakten och det behövdes inte mer av den varan» Tvärtom, och han hade noterat att poliser runt Centralen ofta bar barnvagnar i rulltrappor och hjälpte lytta och halta över gatorna. Det var väl deras enda chans att överhuvudtaget hinna över så korta som de gröna intervallerna är.
– Ja, ja jag kommer väl med då, sa tanten och Göran kunde andas ut.
De for till Krim under tystnad och Göran lotsade upp henne till sitt kontor på Våldet och han kopplade på bandspelaren och letade fram ett nytt band och läste in sina ramsor.
– Nåå, fru Olsson, ni har en son som sitter på Karsudden.
Fru Olsson stirrade på honom, men hon svarade inte. Hon visade inte ett tecken som tydde på att hon tänkte svara. Skulle hon också kräva advokat?
– Fru Olsson? Är det riktigt att ni har en son som sitter på Karsudden?
Tanten teg.
Det hela började bli pinsamt. Göran väntade både en och två minuter men tanten satt som om hon var gjuten på plats i betong och Göran ville inte ha henne som staty på kontoret länge till.

Göran tog telefonen och ringde upp till Lennart Ström och bad honom komma ner. Det tog en stund eftersom han satt i det gamla polishuset, det gula och vackra huset som likt den Cederlundska våningen påminner om andra tider än dem vi har nu. Om vi inte är på väg tillbaka till storhetstider igen, men nu med andra pampar? En statsminister som leker björnpappa åt oss alla och pampar som äter lax på vår bekostnad och för vår egen skull. Alla de där som vill leva våra liv åt oss och som för att reda ut vårt bästa kräver gåslever.

Lennart Ström kom in efter att ha knackat försiktigt på Görans dörr, han ryggade till då han såg fru Olsson sitta med rak rygg i Görans stol och stirra rakt ut i tomma intet.

— Hej, sa Göran. Du känner väl fru Olsson, hon vill inte tala med mig. Görans blick vädjade till Ström.

Lennart Ström var snäll och lite sävlig och gav ett betydligt mer äkta intryck av att vara en björnpappa än statsministern, om det nu kan räknas som en merit här i livet.

— Goddag, fru Olsson! Känner fru Olsson igen mig? Lennart Ström?

Fru Olsson teg och både Göran och Ström sökte lirka med tanten. Men det gick inte. Vad gör man? Bankar svaren ur henne?

Göran gav upp till sist och körde hem tanten, hon klev ur hans bil och gick mad raska steg in i 21 :ans port och försvann. Hon hade tvättstugan denna dag och Gustav var krasslig och Göran började förstå att hon hade en son som satt på Karsudden som inte heller skulle bli lätt att höra. Enligt hans digra gamla akt brukade han också sitta och tiga. Det var tydligen ett familjedrag.

På eftermiddagen var det genomgång av fallet och Göran hade samlat ihop dem alla, inklusive Saxen och Strid från tekniska roteln. Han kände att han behövde en sådan person som Strid. Mannen var redan nu som levande en legend och hade skrivit många böcker om fingeravtryck och varje kriminalare med hyfsad ödmjukhet hade stått och väntat på att Strid skulle kontrollera avtryck med sin lupp, om och om igen och till sist fälla det utslag som sedan styrde spaningen och utredningen.
Linder luktade öl, men var på plats liksom de två spanarna Fors och Eklund som kommit till sammanträdet under protester, de tyckte inte om sammanträden och Eklund gned nu sin hand frenetiskt mot byxbenet.
– Vi tar tekniska först, sa Göran inledningsvis.
Saxen tittade på Strid, som drog in andan:
– Nu på morgonen har vi fått klart för oss att Olssons avtryck finns inne i flickans lägenhet och han har lämnat en halv hand, som saknar bevisvärde, på fönsterblecket vid den utslagna rutan.

Det betydde att det var Olssons hand på fönsterblecket, det bara var så. Men det kunde inte bevisas, ingen rådman skulle köpa det avtrycket. Men än var det inte julafton och man kan inte alltid få allt man vill här i livet på en gång.

– Rutan slogs in utifrån, det är jag säker på! sa Saxen.

– Av Olsson? frågade Göran.

Strid nickade och Saxen protesterade inte. Då var det så, rutan hade slagits in av dåren Olsson, portvaktens son som satt på Karsudden och var kryssad och behandlades av en dåre vid namn doktor Sven Jungsted som stup i ett, nio gånger, ansett mannen frisk och släppt ut honom.

– Har han gjort det? frågade Göran.

Saxen tittade på Strid. Strid tittade på Saxen.

– Det vet vi inte, sa Saxen. Jag tror inte det, personligen tror jag faktiskt inte på det. Olsson brukar leva om. . .

– Men om det är hans avtryck? Linder tycktes vakna till liv och framför allt vittrade han information som kunde vara något att springa till Lage med.

– Icke bevisbart! Strid spände ögonen i Linder. Linder teg. Han teg för resten av dagen. Han var trött på att allt jämt skulle bevisas hit och dit, vad fan? Var det Olssons avtryck så var det väl Olssons avtryck? Det hade Strid själv sagt. Inget att strida om.

– Killen är knäpp, sa Fors plötsligt. Heltokig, jag har tagit in honom ett par gånger och jag har också varit på ett par av hans brottsplatser och jag kan försäkra herrarna att det var inga vackra ställen och fruntimren var blålila så det var inte ens lönt att ta bilder av varje märke, vi nöjde oss med att plåta hela brudarna.
– Jag säger det samma, sa Eklund. Men man vet ju aldrig. . .
– Nää, vi måste höra Olsson, sa Göran. Det är självklart att vi ska, men vi lär väl inte få speciellt mycket ur honom antar jag. Göran berättade för sina kamrater om förhöret med Olssons mamma och spanarna flinade åt våldsrotelns tjänsteman som äntligen fått smaka på det tysta folket. Håller man käften kan man gå långt.
– Farsan då? sa Fors. Har någon hört honom?
– Nej, sa Göran, men jag ska det. Hur har det gått med killen på Hägerstensvägen?
– Dåligt, han är utflugen ur boet, men vi har kolleger som läser tidningar utanför, sa Eklund. Vi kan vänta, förr eller senare måste han hem och byta kalsonger.
– De andra då, Linder? Hur har det gått med dem? frågade Göran.

Linder ruskade på huvudet och församlingen antog att det skulle betyda att han inte fått något napp. Det värsta med Linder var att han kunde missa grovt och det hade hänt att han suttit och hört nyckelvittnen utan att själv lägga ihop två och två. Han bara skrev PM, han tänkte aldrig. Göran beslöt sig därför för att han skulle ta Linders PMhög och läsa in dem i smyg. Det är inte nödvändigt att skylta med att man läser dem och utövar kontroll på en betydligt äldre kollega.
– Okay, vem hämtar hem Olsson? frågade Göran.
– Det gör vi, sa Fors och Eklund i en mun.
Göran nickade och spanarna tog uppdraget på allvar och drog iväg omedelbart. Det var givetvis en förevändning för att slippa sammanträdet, men so what?
Göran lät dem gå.
– Färgfläcken, påminde Saxen och smakade själv på ordet och fortsatte:
– Han var sminkad, jag ger mig fan på att han var sminkad!
– Teatersnubbe? frågade Göran.
– Vet man aldrig. Men han var sminkad, jag tror att han hade två färger och de tillsammans blir brunt. Vi håller på och blandar och pytsar som bäst nu, men det lutar åt det hållet.

– Vad gjorde Olssons hand på hennes fönsterbleck? frågade Strid. Det var en logisk fråga om man betänker att Strid själv var övertygad om att det var Olssons hand eller halva hand.

– Ja, själv lär han hålla käften! Göran lät dyster.

– Om Fors och Eklund hämtar in honom? frågade Linder.

– Äsch, det är bara en myt, så gruvliga är de inte, de bara braxar och har sig. Bredkäftade braxar är de, sa Göran. Han kan ha gjort det, vad är det som säger att Olsson inte ändrat stil och söver dockor och bryter hela sitt mönster?

– Dockor? sa Saxen. Sa du "dockor"?

– Ja.

– Ja jävlar, hon var en docka? En riktig liten docka. Saxen vände sig till Strid och ville få det bekräftat att han kommit på något. Strid såg ut som en mumie.

– Docka, sa han. Vad menar du med det?

– Jo, jag tror att den som mördade henne inte hade för avsikt att döda henne! Då slår man ihjäl folk, så vi får ligga och krypa och säkra blodspår. Men den här han använde kloroform och det söver man folk med. Tänk, för fan! Vad anser allmänheten om kloroform?

– Att det används för att söva folk, sa Strid utan att röra en min.

– Just det! Han ville söva henne, inte mörda henne! Saxen var nu upphetsad.

– En dåre?

– Ja, Göran, vi letar efter en dåre. En som ville söva en liten docka, en Törnrosa. . . sa Saxen.
– Sminkad dåre, sminkad med något brunt? frågade Göran.
– Ja, ja, brunfärg, jag vet det snart säkert, men du kan utgå från det!
– Tack sak du ha, det var hyggligt av dig, men jag blir inte klokare för det. Gav tekniska undersökningen något hos Cederlund?
– Nej, rent och ingen färg med blycromat, jag har dam-sugit hela hans hem, så han fick julstädat och fint må du tro, sa Saxen och skrattade muntert åt sig själv.
-Noll?
– Ja, noll. Killen spar inte ens på konsumkvitton, sa Saxen, eftersom han ansåg att det var en allvarlig neuros att vara pedant.
Göran satt på sitt tjänsterum och funderade. Han höll båda händerna bakom nacken och det var en vilsam ställning för hans onda rygg. Han måste göra någonting åt den snart. Han var bjuden hem på supé till sin vän Maria senare på kvällen och det var ingen vits att åka hem. Hon bodde på Kungsholmen lite längre ner på Kungsholmsgatan där han själv befann sig.
Han tänkte på att han kände offret för dåligt. Det var inte bra, inte alls. Det var Linder som hade ansvar för den delen och själv flackade han runt och saknade överblick, så kan det gå när många kockar ska koka soppa.

När de flesta kolleger lämnat huset gick han ut till datorn, där hans utredning var inmatad. Egentligen var det hemskt praktiskt, att varje man matade in sina uppgifter i en dator och man kunde söka på precis vad som helst. ”Röd halsduk” och vips sa datorn att någon som hört ett vittne hade nämnt ordet ”röd halsduk”. Spaningsmorden hade i varje fall inte blivit svårare att lösa sedan datorn kom i bruk, även om den ingalunda kunde bytas ut mot äkta, tänkande människor. Den pekade tyvärr inte ut mördare och om det var någon teknik som Göran önskade sig i julklapp, var det en dator som optiskt kunde läsa fingeravtryck och söka rätt på innehavaren, under förutsättning att den misstänkte då var aktad och daktad. Nu var det Strid själv som var den som letade och han var mänsklig och avkrävde utredaren ett namn innan han kunde ta fram luppen och titta på just den personens daktade avtryck och avtryck från någon brottsplats. Inte nog med det, spåren måste ha bevisvärde också, ja, egentligen inte för Göran. Han nöjde sig ofta med spårvärden, eftersom bevisen brukade trilla in automatiskt då den misstänkte började ljuga och göra bort sig eller försökte dölja sanningen. En och annan tog de på eget erkännande, men många mördare förtränger att de har mördat och ser sig själva således som helt oskyldiga. Dem tar man inte på några förhör, det visste Göran.

Flickan var 19 år och nybakad student. Det heter inte student längre, men det betyder väl att man gått ur skolan? Hon hade sommarjobbat på posten på Hägerstensvägen, Hägersten 1, och där hade postmästaren påstått att det var en ”ordentlig och skötsam flicka”. Hur kunde han veta det? Postmästare går väl inte omkring och kollar sommarvikariernas vandel? Göran trodde inte det, men det var väl som vanligt, då man blir mördad blir man kändis och många vill då låtsas som om de vet något. Hur är det då inte att vara en levande kändis? Agnetha Fältskog? Han förstod att hon avskydde artiklarna som aldrig baserade sig på annat än lögner. Han blev som polis ofta upprörd över att folk låtsades veta mycket om mördade personer och han hade ofta i uppgift att skala bort sådant ur utredningen.
Gabriella hade haft många vänner. Göran satt med Linders lista och han noterade att Linder satt upp dem i bokstavsordning, en typisk yrkesskada eller hade han skrivit av hennes egna anteckningar? Var hon perfektionist? Han bläddrade igenom bilderna och han såg ett oerhört pedantiskt hem, varje sak på sin plats och inte en endaste dagstidning vårdslöst slängd över någon möbel.

Än en gång kikade han på bilden av henne där hon låg i sängen och såg mer sovande ut än död. ”Hon dög i sömnen”, hade rättsläkaren sagt. ”Hon hann aldrig vakna, hon gjorde aldrig något motstånd, han hade samlag med henne efter det att döden inträffat, det vet vi på grund av bristningarna”, hade han sagt.
Vem? En person med blodgrupp A, en dåre som ville söva ner en docka med kloroform och laddade för mycket? Visste han ens om att hon var död? Det hade inte stått så mycket om mordet i tidningarna, hon var varken gul och blå eller tömd på blod och då var det inte så lättvinklat. Inte var hon en hora heller, myten om att kvinnor som mördas är lätta på foten kunde inte byggas på och då var Gabriella sekundär för nyhetscheferna. Inte var det sommartorka på redaktionerna heller utan politisk höst.
Det slog Göran att han inte ens hört av Jens Jacobsson på Aftonbladet och det var ovanligt, han brukar alltid dyka upp i samband med att ett mord går ut över radion. Journalisten som var mer rund om magen på vintern än om sommaren. Göran kunde inte förmå sig att fråga honom varför han hade två säsongsvikter. Frågar man folk om sådant? Som polis frågar man vad man vill, men då krävs det att motparten är en misstänkt. Man kan inte alltid stilla sin privata nyfikenhet.

Linders papper visade att varje vän var hörd och de sa allihop samma sak, att hon varit snäll, aldrig bråkat med någon och aldrig gjort någon illa. En vanlig svensk familjeflicka, med framtid och bra betyg, med livsglädje och hon hade varit lite nykär i Niclas Cederlund. Men det var inget allvarligare. Det allvarligaste i beskrivningen var väl att hon var snäll.

Mamman föreföll vara normal och det tyckte Göran var ovanligt. Mammor nuförtiden är inte alltid normala, eftersom de tänker mer på sig själva än på sina barn. Göran förstod inte det där riktigt, att man kan föda barn och sedan slänga in dem på dagis och fritids, ge dem en hundring och be dem dra åt helvete på lördagskvällen. Det var så han såg på det, jobbar man som polis i Stockholm måste man se på det på Görans vis, för det var dessa ungar han mötte på jobbet. ”Morsan skiter väl i mig!” Hur ofta hade han inte hört det? Eller kolleger som berättat att de kört hem en full tolvåring och morsan stått i dörren och förnekat att det ens var hennes barn.

Brottslingar är övergivna barn, tänkte han. Det spelar inte så stor roll om de sedan är tjugo eller fyrtio, övergivna barn är de allihop och själv var han som en farsa för en del av dem. Killar som han sytt in skrev till honom, hälsade på honom på sina permissioner och sände julkort. De kände inga andra än rövare och snutar.
Svensson vill inte ha med dem att göra mer än att han tacksamt noterar ett inbrott och skriver upp värdet och antalet stulna grejor. Men det var inte ett riktigt brott, det var sanktionerat. Han hade kommit på några och de hade då berättat att de blivit chockade över att de haft inbrott och att de efteråt ansett sig ha "rätt" att skriva upp värden och fiffla och göra sig skyldiga till försäkringsbedrägeri.
Men inte det minsta lilla brott hade flickan begått, hon levde inte i den världen. Cederlund då?
Göran beslöt sig för att gå ner till Maria, det var hög tid för klockan var strax sju och han ville inte komma för sent.

– Välkommen! Maria log emot honom. Hon var en av de få civila personer han kände som verkligen log emot honom, tyckte om honom. Ja, han trodde att hon till och med skulle visa honom sin hembränningsapparat om hon nu hade haft någon. Men en sådan fick inte plats i hennes lilla etta och dessutom drack hon bara vin. Det stod en fullt legal vindamejeanne vid elementet och det bubblade hemtrevligt från den.
Maria hade satt på klassisk musik. Hon visste att Göran tyckte mycket om det och han lyssnade. Det tog en stund innan han hörde att det var Tjajkovskijs "Törnrosa". Hade han berättat för Maria eller var det bara en tillfällighet? Nej, det var en tillfällighet, han visste bestämt att han inte berättat för Maria om lilla Gabriella, han hade inte talat med Maria sedan mordet skedde, för hon hade varit i Italien i tre veckor och han hade saknat henne. Han tyckte mycket om henne och han log tillbaka emot henne.

– Det luktar gott!
– Ja, nu Göran ska du få mat! Ni ungkarlar äter väl aldrig!
– Det händer, men det är trist att laga god mat för en och sitta och glo rakt in i väggen där hemma.
– Säger du att din ensamhet är svår?
– Nää, Göran drog lite på det, Vad säger du själv?

– Min? Nej, min ensamhet är inte svår, den är självvald. Jag måste känna på verklighetens ensamhet efter mitt tolvåriga ensamma äktenskap.
Göran hajade till, så hade han aldrig hört Maria tala förr om sitt forna äktenskap som hon bröt för två år sedan.
– Ensamt äktenskap?
– Ja, jag ska ta reda på om det var så, som jag tror. Jag tror nämligen att ett ensamt äktenskap är värre än riktig ensamhet och den ensamheten jag har nu känner jag inte som svår, men jag håller med dig om att det är skoj att vara två då man äter, så nu äter vi!
De båda vännerna gick till bords och Göran tog på sig rollen som vinöppnare medan Maria la upp en fiskgratäng som gjorde Göran stum redan vid anblicken.
– Menar du att du inte vill ha en man? frågade Göran försiktigt och kände att om Göran Skogsberg någonsin varit ute och åkt rullskridskor på hal is så var det nu.
– Vill och vill? De flesta tjejer frågar väl så, men jag frågar om det överhuvudtaget finns några män. Jag tycker att de flesta är små pojkar.
– Små pojkar?

— Ja, små pojkar! I kvinnan ser de antingen en morsa eller en älskarinna och jag har fått för mig att kriteriet på vuxna män är att de slutar se på kvinnor underifrån och är beredda att stå bredvid, ta ansvar för sina egna liv, vara jämlika och inte ränna omkring och vilja bli omhändertagna jämt precis som man skulle leva deras liv åt dem, sa Maria bestämt. Det fanns en hårdhet i hennes röst som han inte hört förr och som avslöjade att trots deras långa vänskap hade de föga närhet till varandra.
— Är inte jag en man? frågade Göran.
— Jag kan ju klämma dig på magen och se om du skriker "mamma" vid teet, skrattade Maria och serverade honom vinet.
Göran skrattade vid tanken på att det skulle komma ett pipande "Mamma" ur hans strupe om man klämde honom på magen.
— Har du en bra beskrivning på vad kärlek är? frågade Maria plötsligt och det generade Göran en aning och han skakade svagt på huvudet.
— Det är att släppa rädslan! sa Maria med självförtroende i rösten.
— Släppa rädslan?
— Ja, det finns bara två känslor i nuet och det är antingen rädsla eller kärlek och dessa två känslor kan aldrig upplevas samtidigt. Du möter alltid människor med antingen rädsla eller kärlek och du blir bemött själv med antingen eller. Maria smuttade på sitt vin och tittade Göran djupt i ögonen.

— Men det måste väl ändå finnas fler känslor än två. . .?
— Nej, alla andra känslor tillhör andra tider än nuet. Känslor av skam och skuld och tacksamhet tillhör tiden som vi kan kalla för ”igår” och föreställningar och uträkningar om hur det kommer att bli tillhör tiden som vi kan kalla ”imorgon”. Den verkliga tiden är nuet, det är nuet som är verkligheten!
— Har du räknat ut det där själv? skrattade Göran osäkert.
— Räknat ut och räknat ut. Det är väl självklart och om du tittar på dina klienter så kommer du att se att de valt rädslan och kan väl varken känna eller ge någon kärlek för kärleken finns i oss alla om vi bara vågade släppa på rädslan.
— Du menar att kärlek uppstår då man släpper rädslan? Är inte det lite väl generaliserande?

– Tja, kärlek uppstår då två människor möter varandra utan rädsla och deras samvaro expanderar och om två möter varandra med rädslan kan man väl förmoda att deras tillvaro exploderar! Men du får inte glömma bort vad jag så om nuet, de flesta lever inte i nuet. De flesta förefaller leva i går och de drar med sig sina igår in i sitt imorgon. De räknar alltså ut i förväg vad som kommer att hända och som hjälp för sina beräkningar har de sina igår med påföljd att de inte vågar någonting. De väljer rädslan och vågar inte möta nya människor som de ospelade kort de egentligen är utan de projicerar sina igår och då uppstår ingen kärlek. Kärlek är att släppa rädslan! utbrast Maria muntert och i Görans ögon såg hon plötsligt ut som ett yrväder med ömhetsflingor i håret.
– Menar du Maria att vi borde se på människorna med kärlek, alltid? frågade Göran och tänkte att det vore nog en omöjlighet att gå upp på häktet med dessa rosafärgade glasögon på näsan.

– Nää, men vi borde kunna komma bort från vanföreställningen att någon enda människa någonsin sårar dig. Man bara möter elaka, sura, gräsliga människor med tanken att det är rädda de är och om man lever i nuet har man inte något starkt "igår" och då kan man förlåta dem. Man borde väl kunna förlåta människor för att de är rädda? Maria lät vädjande och hon vädjade rakt ner i hjärtat på Göran som om hon nu hoppades att det fanns någon skärva ömhet och humanism kvar där efter alla år i kåren.

– Kärlek är att släppa rädslan, upprepade Göran tyst för sig själv då han hjälpte Maria att få undan middagsdisken och tanken malde i hans huvud ända tills han åter satte klackarna i asfalten på Kungsholmsgatan. Gabriella hade inte blivit rutin, hon väckte något hos alla. Fors och Eklund såg inte ut som om de tänkte ge upp och det gladde Göran, för själv hade han god lust att ge upp. Han hade ingen lust att höra Olsson, för han skulle ändå inte säga något. Det är inte roligt att spela schack med folk som vägrar röra på pjäserna.

Dessutom hade Saxen fel då han påstod att de mord som inte klarats upp i Sverige beror på att han själv varit på semester. En hel del mord begås av influgna brottslingar som landar på Arlanda och som mot en rundhänt betalning snabbt, säkert och tyst utför sitt uppdrag och lika kvickt är ute ur landet som de kom in.

Men det var något som inte heller Göran visste något om eller hade trängt speciellt djupt in i. Den typen av information om hur brott begås var snarare Björnligan bättre experter på än kriminalpolisen.

Kan den som begått brottslig gärning, enligt vad som framgår av föreskriven medicinsk utredning beredas vård med stöd av lagen om beredande av sluten psykiatrisk vård i vissa fall eller vård i specialsjukhus med stöd av 35§ lagen angående omsorger om vissa psykiskt utvecklingsstörda, må rätten, om den finner behov av sådan vård föreligga, förordna att han skall överlämnas till sluten psykiatrisk vård eller specialsjukhus för psykiskt utvecklingsstörda. Om gärningen icke begåtts under inflytande av sinnessjukdom, sinnesslöhet eller annan själslig abnormitet av så djupgående natur, att den måste anses jämställd med sinnessjukdom, må dock sådant förordnande meddelas allenast såframt särskilda skäl äro därtill.

BROTTSBALKEN 31 KAPITLET, 3 §

7

Nästa morgon då Göran kom till jobbet hittade han ett brev från Lage von Roth:

”Kommissarie Göran Skogsberg.

Det har kommit till min kännedom, att Ni underlåtit att med skyndsamhet verka för ett anhållande av Kent Olof Olsson, som anses kunna bindas vid mordet på Gabriella Marianne Gudmunsson.

Jag har vidtagit åtgärder så att Olsson snarast skall gripas och anhållas, så att vi snarast kan få detta mord färdigutrett.”

Snarast och snarast! Det kunde Lage säga. Resten av brevet orkade Göran inte ens läsa och denna lilla snutt var också det han läste upp för både Strid och Saxen per telefon. De bara fnös och konstaterade att Olsson var på väg upp från Karsudden till ett förhör och de föreslog elakt nog att Lage Vrängare själv skulle få höra mannen. Lage var trots allt förundersökningsledare. Det var en tanke som tilltalade Göran. Varför skulle han sitta och traggla med Olsson, nu när mäster själv lagt näsan i blöt?

Sagt och gjort, när centralvakten meddelade att Olsson fanns i huset, sa Göran åt honom att se till att han hamnade uppe i Krim-jourens tillfälliga arrestlokaler och så slog han en signal hem till Lage. Åklagare Lage von Roth hade gått hem lite tidigare denna dag och med stor förtjusning ringde Göran hem till Lage och berättade att Olsson nu var införd och reglerna kräver skyndsamhet.

– Jag ska ha middag ikväll! Min svärmor kommer. . .

– Tyvärr, ni måste nog höra Olsson själv, förhöret med Olsson kommer att avgöra hela fallet, ljög Göran.

En irriterad Lage kom till Krim och bad att Göran skulle vara förhörsvittne vilket berodde på att Lage Vrängare var en sådan teknisk idiot att han inte ens klarade av att sätta på bandspelaren. Annat var det förr, då man hade haft präktiga Tandbergare, men nu var dessa utbytta mot små japanska kassettbandspelare med alldeles för små knappar för att passa Lage. Göran hjälpte honom.

— Är ni Olsson, Kent Olof? -Ja.

— Har ni mördat Gabriella Marianne Gudmunsson?

— Vem är det?

— En flicka som mördades förrförra lördagen på Lotterivägen 21 i Hägersten.

— Nej.

— Känner ni till adressen?

— Ja, morsan är portvakt där. Är det därför jag är intagen?

-Ja.

— Sedan när blev det olagligt att ha en morsa som bor i en kåk där ett mord begåtts?

— Det är inte olagligt, men ni är på sannolika skäl misstänkt för mord.

— Varför då?

— Ni var där den helgen!

— Hos morsan ja, men inte fan har jag mördat bruden!

— Är ni säker på det?

— Om jag är säker? Ja, vad fan tror åklagaren? Det är klart att jag är säker. Fråga morsan!

— Hon ger er inget alibi.

— Vad är det för snack, du ljuger. Det är klart att hon gör, hon vet att jag var där hela helgen.
— Vet hon vad ni gör på nätterna?
— Nää, hon sover med vaxproppar i öronen, farsan snarkar mycket.
— Då kan ni alltså ha smugit er ut och mördat flickan?
— Ja det kan jag väl ha gjort, men jag har inte gjort det!
— Ni sitter kryssad för en rå våldtäkt nu. . .
— Vad har det med saken att göra?
— Ni är återfallsförbrytare!
— Ja, men ingen mördare. Jag har aldrig mördat!
— Någon gång ska vara den första!
— Ni är ju pantad! Olsson teg från den stunden och Lage anhöll honom på sannolika skäl misstänkt för mordet på Gabriella Marianne Gudmunsson och Lage var arg då han reste sig och överlämnade åt Göran att avsluta bandet genom att tala om den exakta tiden för förhörets avslutande, medverkande i teatern och allt det där formella.
Olsson reste sig upp.
— Sitt ner, Kenta!
— Jag har inte gjort det! Ni kan ta mej fan inte sy in mig för mord! Mannen var upprörd och han föreföll helt frisk och Göran visste att Olsson var långt ifrån frisk. Men det behövdes bara ett par månader på nozinan och sluten psykiatrisk vård så var han frisk och det var först då han kom ut i samhället som han blev sjuk igen.

— Vi ska inte sätta dit dig för något mord. Lugna ner dig nu. Kan jag få snacka lite med dig? Utanför protokollet?
— Vadåra?
— Jo, vi hittade din halva hand på fönsterblecket vid fönstret på nedre botten där en dora var krossad ut ifrån, har du någon bra förklaring till det?
— Jag snackar inte med snutar, svarade Olsson.
— Om jag tar hit en advokat då?
— Spelar inga bananer, jag snackar inte med snutar, ni vänder i alla fall alltihop emot en, det är ingen idé. Fråga min advokat får du höra! Han säger att man ska hålla käften.
— Om vi kan klara upp ett mord då? Vi behöver din hjälp.
— Ni får knäcka era nötter själva, bruden är väl dö oavsett om ni får tag på han som gjorde det?
— Jo, det är sant. Men han kanske gör om det?
— Då får ni väl lägga på ett kol då, det fattar du väl Skogsberg att jag kan väl inte hjälpa er? Det är väl ändå lite mycket begärt?
— Då måste vi höra din morsa och farsa och driva halva din släkt till vansinne. . .
— Det har ni redan gjort, där har ni nog inte mer att hämta. Olsson flinade. Morsan och farsan tiger, det vet jag. Jag kan bara ge mitt hedersord på att det inte var jag.

Olsson fördes tillbaka till häktet och Göran satt och funderade på hur mycket en mentalvårdspatients hedersord kan vara värt. Lika lite som ett ruttet lingon. Fanns det någon i huset som var Olssonexpert? Göran ville ogärna kontakta rättsläkaren, för han förstod aldrig vad karln sa. Om man fick tro honom var alla som störts i sin potträning presumtiva mördare eller allra minst våldsverkare och själv föreföll Torstensson besynnerlig.
Han beslöt sig för att dagen efter ringa Svensson på sedlighetsroteln och föreslå en fika uppe på kaféet. Nej, inte Café Opera, utan polishusets kafé invid simbassängen.

Klockan var två och Stockholms halva poliskår satt bakom den tjocka och till och med ljuddämpande glasrutan och såg på hur kolleger på ett eller annat sätt tog sig fram genom det lätta motstånd som vatten erbjuder.

Inne i kaféet vimlade det av poliser och åklagare och till höger om en samling gröna växter satt Lage von Roth och såg självklar ut. Han höll väl föredrag för någon yngre kollega som han sökte värva till klubben för inbördes beundran? An så länge låg medlemsantalet på nio, nio galningar, som måtte ha läst Sveriges Rikes Lag upp och ner. Fanns det inte en utredning på det? Att juriststudenter är de som fuskar mest på skrivningarna? Det var väl resultatet av lyckat fuskande som satt och mumsade på tonfisksallad, enkla mackor och drack kaffe i en aldrig sinande omfattning? Män med Rolexklockor, dyra bilar, medlemmar i Värmdö Country Golf Club och med miljoner på banken och fastighetsaffärer i blicken. Det är inte på något sätt olagligt men lite konstigt då en åklagare äger hus ihop med luder, skojare och skattesmitare.

— Tjenare! Hur mås det?

— Det har väl du inte med att göra, du är väl ingen doktor?

Göran skrattade åt sin kollega, som var känd för sitt udda språk. Det är antagligen en yrkessjukdom som man får om man är chef för ”Snusket”. Det kan inte vara roligt eller ens utvecklande för den egna personligheten.

— Är du en Kent-Olof-Olsson-expert?

— Ja, jag har hållit i nästan alla utredningar, hur så?

— Vet du något om mordet på Lotterivägen?

— Tja, lite, det som hörs i kåken.

– Vad hörs i kåken?
– Att ni kört fast och att Lage körde över dig med en av sina berömda bandvagnar, ja det är väl vad som hörts i kåken.
– Vet du om att hon var ett vackert lik?
– Vackert?
– Ja, oskadad, hon låg som om hon vore Törnrosa. . .
– Törnrosa var ett vackert lik, ett vackert lik. Törnrosa var ett vackert lik. . . sjöng Svensson och hejdade sig av att Göran inte ens drog på smilbandet. Han såg i det närmaste förskräckt ut.
– Skämt å sido, Göran, så visste jag det också, att hon var oskadd. Sövd va?
– Kloroform!
– Ja, det låter inte likt Olsson precis!
– Berätta om Olsson!

— Det är nog bättre att jag berättar för dig om våldtäktsmän istället. Den vanligaste våldtäktaren är den som utför en maktvåldtäkt och enligt forskningen rör det sig om cirka sjuttio procent av alla kända våldtäkter. Det handlar då om att dominera. Förövaren driver fram övergreppet och hans uppsåt är inte att skada kvinnan utan att äga och erövra henne. Han behöver känna herravälde, ja han är en riktig tupp och han vill bevisa sin förmåga, sin duglighet och han använder aldrig mer våld än nöden kräver och han tror att han har gett kvinnan något. Han är i sin fantasi den store älskaren och han går, till exempel, sällan till horor. Det skulle inte falla honom in att betala för samlag, en riktig karl gör inte det. Ofta avskyr han bögar, de kan väcka djup vrede hos dessa män. Efteråt får kvinnan ofta svara på frågor, hur många älskare hon haft före honom, om han var bra i sängen eller snarare bäst och hon ska passa sig för att säga något annat än att han är störst, bäst och vackrast och töserna gör det för att överleva. Denna avslutande del av våldtäkten blir sedan en kvarnsten under bevisningen i domstol, för hon har ju, bevisligen, sagt att hon gärna vill ligga med honom fler gånger, att de kan träffas igen. Det som ger dessa män kicken är inte samlaget, utan erövringen i kraften av deras egen potens.

Göran satt andäktigt och lyssnade och han hade aldrig förr upplevt ett liknande samtal. Borde inte dessa kunskaper ingå i polishögskolans kurslitteratur?

— Vredesvåldtäkterna tror vi är ungefär tjugofem procent av alla våldtäkter och de präglas just av vrede, brutalitet och raseri. Mannen använder betydligt mycket mer våld än han behöver för att nå sitt mål, om nu målet skulle vara samlag. Han misshandlar sitt offer, ofta mycket svårt, river sönder kläder och går ofta till blixtattack. Det kan ha varit en charmerande vänskaplig och omtänksam man som kvinnan har framför sig, som plötsligt blir som en omvänd hand. Han är aggressionshämmad och blixtrar till. Dessa män är lätta att ta i domstolen eftersom de lämnar duktigt med skador på offret efter sig, men inte så sällan saknas spermier eftersom de nödvändigtvis inte ens får stånd eller ens kan genomföra ett samlag. Det är vanligare att de avkräver kvinnan att hon ska suga kotte och samtidigt sliter han håret av henne. Det är i den här gruppen vi kan klassa parkvåldtäkterna. De bara hoppar fram, gör sitt på femton röda och försvinner och de tar den som är närmast tillhands, den som kommer först på vägen. Till denna grupp hör tveklöst Olsson, alla nio gångerna var det samma visa. Ingen planering utan bara rakt på tjugoåringar eller sextioåringar.

Den tredje gruppen som utgör endast fem procent av våldtäktarna är sadister och då handlar det verkligen om en njutning av att skada, sparka upp främst flaskor i slidan på flickorna, skära dem sönder och samman, bränna dem med fimpar, ja ren tortyr och de håller dem gärna fångna i dygn efter dygn och det kan leda fram till lustmord, främst för att offret kanske förblöder och de kan ligga med liket, om och om igen och det brukar se ut som fan på brottsplatsen, rena slakten. Deras övergrepp är mycket, mycket noga planerade. De kan ha hållit på i veckor för att utse sitt offer, bestämma tidpunkt och de skyddar sig noga för att inte bli röjda. De använder handskar, mask, nya skor och driver överhuvudtaget tekniska roteln till vansinne.
Gör kvinnan det lilla minsta motstånd så tar han till ännu mera våld, medan maktvåldtäktaren blir avsvalnad om hon gör motstånd, men tjejerna kan ju inte gärna veta vem de har framför sig, eller hur? Sadistens mål är att straffa och hans medel är sex. Straff, skuld och galenskap!
Göran ruskade på huvudet.
– Olsson, sa han, skulle han kunna krypa in och söva en brud med kloroform?

– Ja, han kan ha tänkt sig ett bortförande. Det kan vara en sådan liten grej att han inte vågar leva om i huset just för att morsan bor där. Han kan ha haft en plan som går ut på att han ska söva henne och transportera bort henne och sedan använda sig av sina vanliga rutiner, men jag tror inte, att han skulle ha börjat med planering. Jag tror att Olsson hade valt en annan flicka, på en annan plats. Han kan vara rysligt charmig om han bara vill och han har förr aldrig haft några problem att få tag på offer. Det är för långsökt att han skulle ta en brud, just där morsan och farsan bor. Men man vet aldrig.
– Själv säger han nej. Han har lämnat sitt hedersord på att det inte är han.
– Kyss mig i aschlet, sa Svensson och gapskrattade. Han tystnade och stirrade Göran allvarligt i ögonen:
– Den fan, han har aldrig erkänt, vi har alltid satt honom på teknisk bevisning, det spelar ingen roll om du knäcker revbenen eller fingrarna på honom, han säger inget annat än nej. Det ska du veta, Skogsberg, Olsson är en hal jävel och han kan ha ändrat stil, man vet aldrig.
– Vi tror att mördaren bara tänkt söva henne, vem vill söva henne och sedan ligga med henne? frågade Göran.

– Ingen av dem, varken maktvåldtäktaren, vredesmannen eller sadisten. Men sadisten och maktvåldtäktaren kan ha kommit på idéen att föra bort henne, men att det sedan gick åt helvete för att han tog i för mycket, gav henne för mycket kloroform.
– Tror du att det är Olsson?
– Ja, Göran, det kan vara Olsson, men då får du ta honom på teknisk bevisning, inget annat, sa Svensson.
– Vi har ingen! En färgfläck som innehåller blycromat, sa Göran dystert.
– Ni har väl Olssons halva hand och halva tummar där uppe?
– Inte bevisvärde!
– Aj fan, ja du då får du ingen rolig höst, det kan jag lova dig, men ta till alla knep. Valla honom, ljug för honom, hota honom, ja allt.
Svensson lämnade kaféet, för han hade någon galen blottare att ta hand om och på vägen ut från caféet hörde Göran hur han visslade på "Törnrosa var ett vackert barn, vackert barn. . ."

När Göran återkom från kaféet ringde växeln och sa att Saxen sökt Göran med ljus och lykta eller var det med lupp? Saxen som kunde känna sig klädd utan slips, men kände sig halvnaken utan sitt förstoringsglas.

– Tjena Göran! Nu ska du få höra på fan! Vi dam-sög ju lägenheten du vet, om och om igen och varenda pryl hemma hos tösen och vi hittade inget mer än damm och åter damm. Ja knappt det, eftersom lägenheten var mycket välstädad. Vet du om att vi lägger våra prover i fuktig miljö? Vi häller på en vätska?

– Ja

– Nu ser det ut som om den vätskan har dunstat en aning och en av mina killar som skilt sig och flyttat hemifrån har bosatt sig vid mikroskopet. Han höll på att få hjärtslag för han såg små, små jävla ubåtar!

Kom till saken, tänkte Göran. Ibland blev han tokig på Saxen som lät som ett tekniskt protokoll och saknade sammanfattningen längst ner.

– Ubåtar?

– Ja, små, små avlånga saker och jag sände det på analys och vet du vad det var?

– Miniubåtar från Ukraina?

– Nej! Det var potatisstärkelse!

– Potatisstärkelse?

– Ja, potatismjöl, vanligt potatismjöl!

– Fick ni se det först nu?

– Ja, efter hundratals timmars spanande i mikroskopet fick vi fram det och det visade sig att flickan hade potatismjöl i sängen, på en pall och lite, lite på sin kofta som hängde över en stol men ingenstans mer i lägenheten!

– Och det betyder? frågade Göran som inte alltid hängde med.

— Det betyder, min käre Sherlock Holmes, att mördaren har haft potatismjöl på sig som han lämnat efter sig i sängen, på pallen, på koftan och aj, fan nu ser jag det, han har lämnat det även på mattan bredvid sängen. Du ska få upp en skiss där jag märkt ut var vi fann potatismjöl och det är massor, Göran! Nu har jag bett kolleger dammsuga hemma, ja det här stannar mellan oss, ingen får veta om varför de ska dammsuga hemma.
— Varför ska poliser dammsuga hemma?
— Jag vill få veta hur mycket potatismjöl som förekommer i normala hem och få fram ett snittvärde, fattar du väl?
— Jaha, sa Göran och det ska bevisa?
— Det bevisar ingenting, men det är ett spår, ett häftigt spår, sa Saxen surt över att Göran föreföll svår att tända på potatisstärkelse.
— Vad ska vi göra sedan då?
— Sedan ska du leta efter en sminkad prins, en dåre, som har potatismjöl hemma eller på sina kläder! Sen tar vi honom, närmare jul, allra senast på julafton till Kalle Anka.

Saxen la på och Göran skakade på huvudet. Han tog fram sin gamla lärobok ”Kriminalteknik” och slog på både ordet potatismjöl och potatisstärkelse, men i den boken var fenomenet ännu inte uppfunnet. Hur bär man sig åt för att gripa en man, en dåre med färg som innehåller blycromat och potatismjöl i en storstad som Stockholm där varenda människa brukar ha någon form av färg hemma eller i vilket fall som helst potatismjöl i skafferiet?

Göran skakade på huvudet en gång till och kände sig gråtfärdig och han bläddrade i fotomontagen, för tiotusende gången, för att se om han såg något från brottsplatsen som han inte sett förut. Det gjorde han inte, inte den här gånger heller.

Göran undrade var Fors och Eklund egentligen höll hus och om de rotat upp något matnyttigt som kunde tillföra denna menlösa utredning lite substans.

Men Fors och Eklund var ute på egna äventyr och upptåg i brist på livfulla arbetsuppdrag.

Lagen gillar icke allt det hon icke straffar: förty all misshandel kan icke uppräknas i lagboken DOMARREGLERNA NR 13, SVERIGES RIKES LAG.

Fors och Eklund kom åkande i en civil, grön Saab och de körde på tok för fort över Tranebergsbron, då de blev omkörda av en knallröd Volvo 145: a. Fors tryckte pelle i botten, körde i fatt Volvon och viftade in honom mot vägbanans högra sida, men föraren hade fräckheten att istället för att stanna, öka sin hastighet och han var på god väg att köra ifrån Fors. Det gillade inte Fors och han hängde på så gott han kunde och såg att mannen körde upp på en privatparkering utanför ett radhus. Spanarna stannade och klev raskt fram och visade i all hast Eklunds polislegitimation och karln såg rädd ut, som om han allra minst hade begått ett postrån. Eklund grep tag i hans axel och höll honom hårt. Då började mannen slåss och han var chanslös, eftersom Fors och Eklund tusen och åter tusen gånger lagt ner folk på marken, så väl civila som kolleger under träningen, och det tog inte mer än tio sekunder så hade de honom fängslad med händerna på ryggen.
De förde honom till Saaben och åkte upp till Krim där de lät det gå fem timmar innan mannen hördes om sina brott, fortkörning på Tranebergsbron och våldsamt motstånd mot tjänsteman och misshandel av polis.

Hemma i radhuset satt frun med tre små barn och väntade på att familjefadern skulle komma hem. De skulle tillsammans åka och handla och deras eftermiddag var välplanerad. Hon hörde hans bil komma, det var ett välbekant ljud och barnen sa "pappa", i synnerhet den lilla tvååringen. Hon upprepade det hela tiden, "pappa", "pappa". Men han kom aldrig in och under sex timmar var frun hysterisk av oro. Hennes mans bil stod där den skulle. Han var inte i tvättstugan, inte hos någon granne och inte heller i den lokala butiken. Hon var sjuk av oro och hon ringde på hos alla grannar i hela området. Han fanns ingenstans, han var borta! Hon ringde till polisen och de sa att hon skulle avvakta, det hade hänt förr att folk försvann, i synnerhet karlar, men de kommer alltid till rätta.

– Men min man gör inte så här, sa hon. Han har aldrig gjort så här!

– Ta det lite lugnt, han kommer säkert hem snart! Mannen på polisens ledningscentral, "Gropen", lät lugnande»

Frun grät, barnen grät och så fort de hörde det minsta lilla ljud sprang de till fönstret. Men det kom ingen pappa och den lilla tvååringen sa, om och om igen: "Pappa", "Pappa".

Sex timmar senare ringde han från en telefonkiosk i T-banan vid Rådhuset, han sa att han levde och att han blivit gripen och att han var på väg hem. Han kom hem och ännu en i raden av alla Svensson, som mött polismaktens fulaste sida, hade klart för sig att poliser är farliga, maktgalna och otäcka. Ser man en polis ska man gå över på andra sidan gatan och skrika ”Hjälp polis!”

Ett år senare stod mannen inför tingsrätten och han sökte förklara att han trott att det var två kriminella som förföljt honom. Han blev rädd för dem då de sökte stoppa honom och han blev ännu räddare då de grep honom och han försökte försvara sig. Han fick åttio dagsböter och familjens semester det året blev inställd. Det sved länge, känslan av att inte ha blivit trodd och barnen i familjen som alltid brukade gå och se på attraktionerna på ”Polisens dag” slutade med det och barnen som alltid sagt att de skulle gå fram till en polis om de någon gång kom bort i något folkvimmel slutade att se det som en självklarhet. Åttio dagsböter gånger sextio kronor, ja inte blev det mycket till semester det året. Men minnen, det hade de i familjen i det lilla radhuset i Bromma, även om de var omöjliga att klistra in i familjens fotoalbum.

Uppe på åklagarämbetet höll Lage von Roth presskonferens och bevisade för journalisterna att Olsson mördat sin vackra granne Gabriella. I vanlig ordning förevisade han ”bevis” och i det här fallet var det de spår av Olssons ena handflata och några halva tummar som man hittat inne i lägenheten.

– Han har slagit in rutan, hoppat in och det var då han avsatte trycken och därefter rusade han på henne, sövde henne med kloroform och sedan hade han samlag med henne efter det att döden inträffat.

– Hade hon tagit sömnmedel? frågade en begåvad journalist.

Lage rotade lite bland sina papper och fick fram Torstenssons obduktionsprotokoll som han för övrigt bara hastigt tittat på förut.

Han läste en stund och sade sedan:

– Nej.

– Men varför vaknade hon inte då? När rutan slogs in? frågade samma journalist.

– Det har vi inte fått svar på ännu, sa Lage Vrängare muntert och delade ut bilder på Olssons förhållandevis fula ansikte. Han såg ut som en härjad man, han var en härjad man. Man kan gissa att han var härjad redan i tonåren, då polisen första gången grep honom och han satt med tassarna i honungsburken. Hade inte Lage hört det? Någon polis som sagt att ”han var galen redan som liten”? Han trodde det, han sa det nu till pressen.

– Finns det något motiv till mordet? frågade en liten kvinnlig journalist som ännu inte hamnat i knäet på åklagarmyndigheten, som ännu vågade och ville ifrågasätta, som ännu ansåg sig tillhöra den tredje statsmakten, den fria pressen.
– Han är tokig! sa Lage uppenbart förtjust och lutade sig bakåt och såg självklar ut. Lage von Roth såg alltid självklar ut.
– Har ni några andra bevis än en halv handflata och några halva fingeravtryck? frågade den kvinnliga skribenten.
– Blodgruppen! Spermierna som hittades på flickan tillhör blodgrupp A och Olsson har A. Det var en lam presskonferens, men var och en fick det knäck han eller hon behagade göra det till. De flesta valde att använda en beprövad vinkling, påståendet att en galning sövt en 19-årig vacker flicka för gott och några lät göra intervjuer med psykologer som även de fick luta sig bakåt och se självklara ut.

På häktet satt Olsson framåtlutad och teg. För honom spelade det ingen större roll om han satt där uppe eller nere på Karsudden. Fördelen med Karsudden var att han fick betydligt mera nozinan och hibernal och att han därmed försattes i ett känslolöst tillstånd som han dessutom eftertraktade själv. Han slapp tänka och han tyckte inte att han hade så mycket att tänka på. Han tyckte om att vara i ett tillstånd av obefintlighet och sövd blir man redan på 150–200 milligram nozinan, men Olsson brukade ibland få ända upp till tusen milligram per dygn och det var som att skära ens existens i två bitar och han gillade att vara i två bitar. Han tyckte nämligen mycket illa om sig själv i en bit, han kunde inte behärska sin egen person och han mindes någon psykolog som sökt tala om för honom att han var "omogen" och "barnslig" och "rigid". Det gav Olsson fan i. Bara han fick sitt nozinanbehov tillfredsställt, så gav han fan i det mesta.
På häktet fick han inte så mycket som han ville ha och han beslöt sig för att han skulle ta sig tillbaka till Karsudden, ju fortare desto bättre. Där hade han dessutom ett trivsammare rum och lite större frihet än på Kronoberg vars tårtor på taket fick honom att känna sig instängd. Från luften såg rastgårdarna på Kronobergs tak ut precis som en tårta där de ensamma lejonen släpptes ut i sina blänkande burar för att få frisk luft.
Olsson ringde på vakten.

– Ta hit Skogsberg, jag vill tala, sa han korthugget. Vakten nickade och gick till expeditionen och meddelade våldsrotelns kansli att Olsson ville tala med Skogsberg och en kanslist visste att det var något Skogsberg måste få veta omedelbart. Göran fick man fatt i per radio. Han beslöt sig för att överlämna jobbet på Hägerstensvägen till Eklund och Fors, om än motvilligt, och han åkte in till Kungsholmsgatan och beställde ner Olsson till sitt tjänsterum.
– Du ville tala med mig?
– Ja, sa Olsson trumpet.
– Ja, vad har du att säga då?
– Jag slog in rutan och jag hade planerat att våldta henne, men hon var död då jag kom in. Jag gick aldrig ända fram, jag såg det direkt och dessutom vaknade hon inte när jag tog doran och jag förde ett himla liv.
– Vad var klockan?
– Tolv, ett. Jag vet inte säkert, Skogsberg. Men hon var inte två i alla fall för då var jag hemma, du kan fråga morsan för hon vaknade när jag kom hem.
– Sa du till din mor vad som hänt?
– Nää, Olsson lät förvånad. Varför skulle jag dra in henne i det här? Jag har inte gjort nått!
– Hur låg hon?

Olsson beskrev hur Gabriella legat i sin säng, helt naken utan tillstymmelsen till skydd av lakan och hans beskrivning av hennes läge överensstämde exakt med den skiss som Saxen förevisat på genomgången av hur hon legat och Görans eget minne.

– Varför vill du plötsligt berätta allt det här?

– Jag vill hem.

– Hem?

– Ja, jag vill ner till Karsudden, jag vill inte häcka här längre. . .

– Jaha!

Göran funderade ett tag, man hade gjort husrannsakan hemma hos Olsson och hans tigande morsa och man hade varken hittat tillstymmelsen till färg eller potatismjöl och spaningsledningen hade bestämt sig för att potatismjölet på flickan, i sängen, på mattan, på pallen och på koftan var ett spår eftersom det inte förekommit något potatismjöl i den övriga delen av lägenheten. Olsson hade bevisligen inget potatismjöl i sin hemmiljö. Saxen hade dessutom gått så långt att han bett kolleger dammsuga sina hem och han hade fått fram att "medel-Polisson" har tre, fyra korn potatismjöl per kvadratcentimeter men i flickans säng och på mattan hade man hittat hundratals, när man väl hittat dem. Olsson hade haft, precis som kollegerna, några få potatismjölsindikationer i sin hemmiljö men inte hundratals. . .

Dessutom trodde inte Göran att han var skyldig, all erfarenhet visade att Olsson levde om. Hans berättelse om den inslagna rutan stämde med gängse uppfattning om Olsson och det stämde också att flickan måste ha varit död då han bankade sig in.

— Varför ville du våldta henne?

— Jag bara ville det. Jag hade träffat henne på eftermiddagen för morsan hade visat oss för varandra. . .

— Hur gick det till?

— Ja, hon sa väl ”Hej, Gabriella, här är min grabb Kenta”. Morsan vill ju alltid att man ska träffa riktiga brudar, som hon säger. Vi stod i porten och slösnackade lite och jag tror att hon skulle dra till posten. Hon hade några brev i handen och så kom hennes polare förbi och så gick de och då tänkte jag. . .

— Vad tänkte du?

— Nu säger jag inget mera. Nu vill jag åka hem!

— Har du förföljt Gabriella ute någon gång?

— Nej, Olsson lät bestämd. Jag gör inte sådant. Olsson lämnade Göran och han hade en uppsyn som visade att han nu förväntade sig att Göran skulle betala för att han haft vänligheten att öppna käften och förklara sin halva hand och sina halva tummar. Kunde Göran göra det? Han slog internnumret till Lage, som var på sitt allra bästa humör eftersom han nyss hade haft en presskonferens.

— Släppa Olsson? skrek Lage.

— Han är oskyldig. . . sa Göran.

– Det kan han inte vara!
– Jo.
– Då får du faktiskt förklara dig, sa Lage och nu var han sur, ordentligt sur. Han visste vad som skulle komma att stå i tidningarna dagen därpå och han hade inte för avsikt att släppa Olsson.
Göran förklarade och förklarade och Lage fnös.
– Nej, sa han. Olsson blir kvar. Det är han! Det måste vara han.
Göran kom ingen vart och beslöt sig för att gå upp till Olsson på häktet, där han förklarade för Olsson att åklagaren vägrade att släppa honom. Han var på sannolika skäl misstänkt för mordet på Gabriella.
Olsson var mörk i ögonen och hans hat kunde ingen ta miste på. I hans inre grät det övergivna och förbrukade barnet som längtade hem.
– Jag vill åka hem! upprepade han.
– Okay, Olsson vad är bättre på Karsudden än här?
– Här får jag inte läsa tidningar, jag får inte vara ute på dagarna och jag får för låg dos nozinan, jag vill hem, jag får ångest här! Jag blir tokig här!
– Jag ska fixa så du får vara ute på dagarna, får fri tillgång till tidningar från och med i övermorgon och jag ska be doktorn höja dosen och jag ska framför allt hämta hem den skyldige. Är det grönt?
Olsson nickade och Göran meddelade häktningspersonalen sitt beslut.
– Men åklagaren då? sa förmannen.

– Skit i Lage, jag tar ansvar för det här, hänvisa till mig. Det finns något som heter humanitet, pojkar. Ta det lugnt med Olsson, han är oskyldig!
– Varför sitter han här då? frågade en av vakterna som satt och hängde i vaktburen på Allmänna Häktet för män.
– Lage vill ha det så, läs tidningarna i morgon så får ni se varför. Göran gick.
Den som beretts vård med stöd av beslut enligt 9 eller 10§ eller på grund av domstols förordnande skall ofördröjligen utskrivas, omförutsättningar enligt l§ för att bereda honom vård icke längre föreligger. Sådana omständigheter som avses i 1§ första stycket e) får icke utgöra grund för kvarhållande i annat fall än då patienten beretts vård på grund av domstols förordnande. Frågan om utskrivning skall prövas fortlöpande.
LAG OM BEREDANDE AV SLUTEN PSYKIATRISK
VÅRD I VISSA FALL, 16 §.

9

Fors och Eklund grep den unge studenten från landet i samma sekund som han steg utanför porten. Det gick lätt. Han blev bara överrumplad och gjorde inget som helst motstånd.

Saxen och hans gäng smålänningar intog lägenheten till hyrestantens förskräckelse. Henne skickade de ut och hon fick klara sig bäst hon ville. Här skulle det klippas till. Dammsugningen av lägenheten stod högst upp på listan och det var givetvis färgpulver och potatismjöl man spanade efter och vinsten för den utsatte var en noga genomförd julstädning.

– Jag heter Göran Skogsberg, Göran sträckte fram en rekorderlig näve.
– Bertilsson, Lars, svarade mannen hövligt och slätade till sitt hår. Han var mycket prydlig och han luktade ren och han luktade svagt av något rakvatten, var det möjligen Aramis? Det låg åt det hållet, noterade Göran och tittade på den långe, magre mannen med höknäsa och djupt liggande ögon.
– Ni bor på Hägerstensvägen, mitt emot posten?
– Ja.
Göran tog fram ett foto av den levande Gabriella, en sommarbild och hennes öppna leende visade att hon varit en mycket gladlynt flicka som inte haft en aning om att hon inte skulle få uppleva kommande jul. Vittnen hade sagt just det, att hon varit livlig, glad, pigg och levande.
– Har du sett den här flickan, någongång?
Lars Bertilsson tittade på bilden, bara som hastigast:
– O ja, hon bor nedåt till, bakom butiken.

— Hon är död.
— Ja, jag vet det, jag har läst om det i tidningarna, ni har visst gripit någon för mordet?
— Ja, det har vi. Har du någon gång talat med henne?
— Nej. Lars Bertilsson slog blygt ner ögonen.
— Hur vet du vem hon är?
— Jag har sett henne, på posten. Jag har sett henne i affärerna runt omkring. Det är en vacker flicka.
— Var, rättade Göran. Så du har aldrig talat med henne?
— Nej, kommissarien, det har jag inte. Jag är inte speciellt ofta hemma heller. Jag sitter mest på Stadsbiblioteket och förkovrar mig.
— Jasså? Vad läser ni då?
— Kulturhistoria, sa mannen och för första gången blev det liv i hans röst. Han hade hittills svarat på ett mekaniskt sätt, artigt, väluppfostrat och mycket väl artikulerat.
— Kulturhistoria? sa Göran med en ton så det lät som om mannen talat om korv med bröd.
— Ja, det är fint det. Alltför många glömmer vår kultur, vårt arv, och få, alltför få, ska kommissarien veta, bryr sig om sin historia.
— Ja, det kan jag tänka mig, sa Göran som inte hade den minsta lust att fördjupa sig i kulturhistoria.
— Jag ska säga kommissarien. . .
— När fick ni veta att hon var död? avbröt Göran.

– Veckan efter då jag kom hem och några poliser hade lagt en lapp om att jag skulle ringa till polisen.
– Gjorde ni det?
– Nej.
– Varför?
– Ooo, vad skulle jag kunna göra? Jag skulle bara bli till besvär, sa Lars Bertilsson övertygat och han räknades därmed in i den lilla skara som anser sig vara betydelselösa i en mordutredning. Göran visste ännu inte om det gladde honom men ovanligt var det i allra högsta grad.
– Hur menar ni?
– Jag kände henne inte, jag har aldrig talat med henne, vad skulle jag kunna göra för den arma flickan? Nej, kommissarien, jag skulle bara bli till besvär.
– Men ni fick två lappar. . .
– Ja det fick jag, men så läste jag i tidningen att ni hade gripit mördaren och då föll det mig aldrig in att jag skulle ringa.
– Det var redan klart?
– Ja, just så kommissarien, sa Bertilsson och slätade till sitt hår och kände på slipsknuten som satt som den skulle.
– Men nu var det så att vi ville ha tag på er. . .

– Ja, jag förstod det. De kom i morse och hämtade mig. De nästan hoppade på mig, som om jag hade gjort något. Man har ju hört så mycket om poliser, det var lite otrevligt, måste jag säga, sa Bertilsson och han kunde uppenbarligen inte stå ut med tystnaden. Göran fann för gott att sitta still och invänta den andre mannens handlingar och yttranden. En metod Göran prövat förr, några gånger med framgång.
– Var det något mer kommissarien ville? frågade mannen artigt utan att falla på Görans grepp.
– Ja då, jag vill veta lite om er, var ni har bott förr, vad ni arbetar med och så vidare.
– Jaha, ja. Jag är född 1945 i Skåne, men jag flyttade tidigt därifrån till Vagnhärad, där jag påbörjade min utbildning i dåvarande folkskolan. Jag tog realen och flyttade till Uppsala där jag genomförde mina grundstudier i bla kulturhistoria. Ja, jag är faktiskt filosofie kandidat och efter Uppsala tog jag ett lärarvikariat i Nyköping och där har jag bott, tills helt nyligen, då jag beslöt mig för att bo i Stockholm eftersom all kultur utgår från huvudstaden, Operan, Dramaten, biblioteken och ja, mer är det väl inte att säga?
– Inga barn?

– Nej. Mannen slog blygt ner ögonlocken och han påminde starkt om "Lady" i "Lady och Lufsen" som träffades över spagettitallriken. Hoppas den kommer i jul, tänkte Göran, klockan tre. "Lady och Lufsen", "Ferdinand" och de idiotiska ekorrarna. "Ferdinand" var Görans absoluta favorit och "Väs" i "Robin Hood" och kungen som suger på tummen på ett sätt som man föreställer sig att varje skatteplanerare tar efter.
– Aldrig gift?
– Ooo, nej, jag har inte haft tid och heller inte intresse. Jag har ägnat mitt liv åt att studera, ni förstår kommissarien, det är alltför få som bryr sig om kulturhistoria. . .
– Släktingar?
– De är alla döda. Min mor gick bort förra året och min far gick bort för tio år sedan.
– Vad jobbade de med?
– Mor var naturligtvis hemmafru och far var överste. Han var äldre än mor och pensionerades redan då jag var ganska liten. En ärlig och hederlig man, ska jag säga kommissarien.
– Jaha ja, syskon? Har ni några syskon?
– Nej, det var bara jag. Mor och jag och så far.
– Jaha ja, har ni några vänner här i Stockholm?
– Ja, jag brukar träffa några på Stadsbiblioteket. . .
– Vad heter de?
– Det vet jag inte, kommissarien. Vi träffas bara där och utbyter erfarenheter och tankar.

– Ja, då var det inte mycket mer då, avslutade Göran.
– Jag får tacka för mig då. Mannen reste sig, slätade till håret, kontrollerade slipsknuten och bockade för Göran Skogsberg och samtidigt slog han ihop sina galant nyputsade och skinande rena, svarta skor.
– Adjö då, sa Göran.
– Adjö kommissarien. Det var trevligt att råkas, adjö!

Som en ren rutinåtgärd kontrollerade Göran om Bertilsson fanns ”aktad och daktad” och det var han naturligtvis inte. Det är få personer med den utbildningen som sitter och vinkar i polisens register eller ens i Spans register över intressanta personer. Göran hade inte väntat sig något annat heller. Men det hör till jobbet och han slog även en signal till pastorsämbetet och till passmyndigheten. Ingen hade något uppseendeväckande att säga om Lars Bertilsson och på skoj ringde han även till Uppsala universitet och där var det ingen som kom ihåg honom. Det var heller inte väntat, man han fanns i registren och han hade mycket riktigt studerat kulturhistoria med betoning på kultur, vad Göran kunde förstå. Det var en annan värld och det närmaste Göran kommit kulturen var väl genom sin bekantskap med Maria. Hon brukade dra med sig Göran på Dramaten och han kände sig lika fånig varje gång, då han stod i pausen och smuttade på juice, bland personer som såg lika självklara ut i sin utstrålning som Lage brukade göra. Lage går bergis på Dramaten flera gånger i månaden, tänkte Göran. Vad är kultur? En kul tur in i evigheten? Kulturhistoria! Göran fnös, sån't griper man inga mördare på! Fan också! Inte Cederlund, inte Olsson och inte professorn Bertilsson och vem, vem var det som förföljde henne? Vem var hon rädd för? Hur hade hennes gärningsman kunnat ta sig in? Doran var krossad av Olsson och alla dörrar hade varit låsta då de kom till platsen!

– Hur kom Olsson ut? Göran kastade sig handlöst upp på häktet och in till Olsson som var sömnig, han hade fått sin höjda dos nozinan. En dos som Göran själv hade kunnat sova en månad på, men som i Olssons fall möjligen dämpade hans ångest.
– Olsson! Vakna! Hur kom du ut?
– Va?
– Hur kom du ut? Ut från Gabriellas lägenhet?
– Genom dörren. . .
– Var den olåst då?
– Va?
– Var den olåst? Skärp dig Olsson, var dörren låst eller inte?
– Den var låst, jag gick ut bara, låt mig vara ifred.
– Är du säker på att den var låst?
– Ja, låt mig vara.
– Balkongfönstret också?
– Ja ja, låt mig vara. Försvinn!
Göran gick och lämnade Olsson ensam i hans egen nozinanvärld, som han så hett efterlängtat att han till och med satt sig ner och pratat med en polis. Frivilligt!?
Göran begrep ingenting. Hur hade mördaren kunnat ta sig in, om balkongdörren var låst och även ytterdörren? Olsson hade slagit in rutan, öppnat balkongdörren genom hålet i rutan, gått in, sett liket, stängt balkongdörren efter sig, öppnat ytterdörren som var låst och slängt igen dörren efter sig och gått in till sig?

— Helvete! Det är något som inte stämmer. . . sa Göran högt och Linder stack in näsan och ur hans snart tandlösa mun stank det gammal fylla.
— Hur går det, Skogsberg?
— Åt helvete.
— Har Saxen hört av sig?
— Nää, de är väl inte klara med sin julstädning än.
— Jag har kollat Cederlunds och Olssons liv, sa Linder.
— Jaha du, hittade du något då?
— Nää.
Linder gick. Varför höll han på att kontrollera Cederlunds och Olssons liv? Vad skulle det vara bra för?
Olsson slår in rutan. Varför? Jo, för att få upp balkongdörren. Han går in och stänger efter sig? Varför då? Varför stänger han efter sig? Varför är han så ordentlig, att han stänger efter sig? Han ser flickan, hon är död och han tassar över golvet, öppnar hennes ytterdörr som har vanligt patentlås, den går igen och han går in till sig. Slut. Punkt slut. Varför stänger han efter sig?

För andra gången denna dag står Göran på Allmänna Häktet och söker höra en sövd Olsson.
— Varför stängde du balkongdörren efter dig?
Han svarade inte. Han orkade inte, ville inte, kunde inte, förmådde inte.
— Jag drar in ditt jävla nozinan om du inte svarar, hör du det Olsson! Det blir inget mer nozinan!

Olsson grymtade till och drog täcket över sig och han mumlade ”försvinn”.
— Varför stängde du balkongdörren efter dig? Varför låste du den?
Olsson svarade inte och Göran hade god lust att resa karln upp emot väggen och leka Argentinsk polis. Men det skulle säkert inte hjälpa, Olsson var i en annan värld, i Nozinanien. I sitt eget älskade drömland, där det oälskade barnet som ingen vill ha, sov sin allra skönaste sömn, för en gångs skull.
— Tjena, Skogsberg här! Du kan Olsson ordentligt, eller hur Svensson? sa han till sin kollega på ”snusket”.
— Tja, lite grann så där. . .
Göran berättade om sin undran över varför Olsson slagit in glaset, fått upp balkongdörren och låst den efter sig.
— Lätt, lätt som en plätt! sa Svensson. Karln har dörrnoja! Han gör alltid så, han går in och låser in sig och så ut och låser efter sig.
— Va?
— Jajamensan, han är en vredesvåldtäktare och de vill ha låst omkring sig. Nää, inte om sig, men om offret. Offret ska inte ha en chans att kunna ta sig ut. Därför låser Olsson alla dörrar.
— Han låser alltså innan han fattar att hon är död?

– Ja, så kan man väl se det, det går på rutin för honom vet du, det är som ett rullande schema och alla gånger ser likadana ut. Han gör så, jag lovar. Olsson låser om sig och offret. Omslutande och fint, som nystädat för hans skurkärring till morsa.
– Jag tror dig, sa Göran och svalde en klump i halsen. Han kände sig obehaglig till mods. Under en blixtrande sekund kände han vanmakt, förmådde verkligen att sätta sig in i Olssons offers situation. Tänk att bli inlåst med Olsson? Mitt i natten och vara totalt fysiskt underlägsen? Gode Gud! Med detta monster som diade barnet i sig med hat och vrede.

Han hade inte förstått tidigare vem Olsson egentligen var. En bunt papper, en akt, blåkopior på rapporter och små och stora sinnesundersökningar i långa banor. Han hade nästan bok. Mannen som låg på Allmänna Häktet och ville hem, hem till Karsudden brukade slå in rutor, låsa om sig och sedan utöva den grymmaste terror mot de offer han för tillfället och slumpmässigt valt ut och det såg alltid likadant ut. Det var en tillfällighet vem som blev Olssons nästa offer. En sekund tänkte Göran Skogsberg, från våldsroteln i Stockholm, att det kanske var lika bra det som hänt, att Törnrosa varit död då Olsson kom. Hon hade i annat fall troligen levt, men ingen blev sig lik eller ens tillfredsställande återställd efter sina möten med Kent Olsson. Det kunde han se i akten. Hon hade sluppit honom av en enda anledning, hon var redan död då han kom och då han sprängde sig in med uppdämd galenskap, vansinnig vrede och beredd att stympa ännu en människas tillit. Gabriella Marianne Gudmunsson var ointressant för Olsson. Hon var redan död. Han hade inte kunnat utföra sitt uppdrag så han gick, låste och gick in till mor, sina drömmar om Madonnan och horan.

Olsson friar sig själv, tänkte Göran. Hon var död då han kom, i annat fall hade hon troligen varit levande med stora skador eller åtminstone död med stora skador. Olsson möter inga kvinnor utan att lämna gedigna spår efter sig och han har dessutom, aldrig förr och heller inte denna gång, brytt sig om ifall han lämnar spår efter sig. Han skulle lika gärna kunna sätta en lapp på dörren med texten: ”Kent Olsson har varit här.” Det såg han också i akten, Kent Olsson lekte aldrig katt och råtta med tekniska roteln, men han nekade alltid och kanske berodde det på att han inget mindes, han ville inte eller hade inte lust. Han ville bara hem, hem till Karsudden. Hem till mera nozinan och mellan varven förklarade de honom så frisk att de inte längre kunde hålla honom och då åkte han hem till mor och därefter var det bara en tidsfråga innan Kent Olsson var igång igen och Svensson på ”snusket” efterlyste honom. Ny förundersökning, ny rättegång, ny stor sinnesundersökning och en ny kryssning. Om och om igen, år ut och år in. Det är tur att så få vet att män som Kent Olsson ofta går lösa och ibland slår sig lösa på någons dotter.

10

En dag tog det, sedan kom Saxen:

– Nu klipper vi till! Det är han!

– Vilken han? frågade Göran.

– Studenten, fil kanden Bertilsson, hans lägenhet är fullständigt proppad med potatismjöl, det dräller av potatismjöl. . .

– Va?

– Det är han! Jag är säker.
– Kan du bevisa det? frågade Göran oroligt och såg framför sig hur Bertilsson skulle föreläsa om kulturhistoria i Stockholms tingsrätt och Lage skulle tala om för rätten hur självklart det var att det var Bertilsson, samtidigt som han hängt ut Olssons nylle i pressen så som varande den självklare mördaren strax innan.
– Ja, jag tror att vi kan ta honom, på mjölet, på förhör, han måste bryta ihop någongång, sa Saxen.
– Jag tror inte det, Göran var tveksam och skakade på huvudet. Är du riktigt, riktigt säker, Saxen?
– Jajamensan, nu klipper vi till, Saxen bredde på småländskan och han sträckte på halsen som bara en från tekniska roteln har möjlighet att göra. Dem säger man inte emot, de gissar aldrig, de vet.
– Han? Professorn?
– Ja!
– Hur är det möjligt? Göran lät tveksam.
– Det är han, tro mig, tro mig, sa Saxen indignerat.
– Ja ja, jag tror dig, men tanken är så svindlande, det låter så otroligt. Han som är så begåvad?
– Vem har sagt att mördare inte kan vara begåvade? frågade Saxen.
– Ingen, men sannolikheten, jag tyckte. . .

– Skitprat, det är han och nu ska vi ta honom, du och jag och vi ska ta honom för han måste vara heltokig!
– Ja är det han, då är han helknäpp, Göran tvekade inte. Jag brukar kunna vittra mig till galningar, men den här missade jag.
– Underklassens galningar, ja. Men vad vet du om galningar som har en fil kand och vet mer än du om det mesta?
– Tydligen inte mycket, inte tillräckligt i alla fall.
– Tänk på det, du. När du hör honom så han inte får in dig i ett bås och han blir magister och du sitter och nickar som en annan jävla skolunge! Ska jag vara med?
– Ja, jag tror det. Vi måste ta honom tillsammans, muttrade Göran och var tacksam över att Saxen erbjudit sig. Förhör var inte Saxens bord, det var egentligen Görans, men nu var Göran Skogsberg osäker.

Nu var det närmare jul. I gamla polishuset hade julen inletts tidigt i december med att man klätt två stadiga och ståtliga granar med glitter och stora, röda kulor. Var det en händelse, att man fäst sina julgranar i betongpelare med snöre? Var man rädd för att man skulle bli av med dem annars i denna tjuvarnas högborg? Nej, troligen var det någon vän av ordning som insett att risken var stor för att något indrattande fyllo skulle slå ner granarna. Kan man slåss med poliser så kan man slåss med deras granar. Där stod de nu, vackra och granna och trivsamma och kedjade.
Ute på stan pågick julhandeln, det är då alla kreditkort väcks till liv för dem som har inkomst, inga betalningsanmärkningar och som har gjort lumpen om det är en manlig konsument. Har man inte gjort lumpen får man komma krypande och visa sin sekretessbelagda frisedel om man vill komma i åtnjutande av finansbolagens ockerlån.

Hur som helst, julhandel var det och Björnligan stod för en del av den. Niclas Cederlund hade inte längre Span efter sig och han hade således varsamt och försiktigt börjat återuppta sina affärer och sina kontakter. Luciafirandet var bedårande detta år, nej det var inga horor nedsmetade med grädde. Det var gammalt, det var använt och skulle aldrig mer kunna brukas. Man får inte upprepa sig, nej nu hade man haft en vanlig fest och lekt små grodorna, små grodorna och de som var bögar i gänget hade radikalt avslöjat sig eftersom de inte kunde hålla tätt och således släppte sig då de lekte små grodorna, små grodorna. Därefter intogs natten på sedvanligt sätt med glitter i håret och livet gick sin gilla gång. Björnligan gick med vinst detta år och det var trots allt huvudsaken om man betänker vilka dåliga tider det ändå är. Deras marginalskatt höll sig i schack.

Eklund och Fors fick i uppdrag att föra in fil kanden Lars Bertilsson till Krim och med sig hade de ett papper från åklagaren, Lage von Roth, som visade att Bertilsson var anhållen, misstänkt för mordet på Gabriella Marianne Gudmunsson. Lage hade i samma veva sänt ner Olsson tillbaka till Karsudden och muttrat något om att spåren efter Olsson saknade bevisvärde och att det inte var lätt att vara åklagare i dessa tider med en sådan brottslighet och alla bara tiger och tiger. Nej, det är ingen ordning på någonting längre. Annat var det förr. Då var det lag och ordning.

Lage hade också börjat fira den kommande julen och han föredrog att tillbringa sina luncher på lite noblare ställen och gärna i sällskap med pratsjuka journalister. Det var nog ändå så, att om Lage von Roth inte hade blivit åklagare, hade han nog blivit journalist. Men det är klart, kravet på saklighet hade kanske varit större om han valt att bli journalist. Nyhetsredaktörer kan vara onådiga mot reportrar och de vill inte veta av knäck, som ingen kan stå för sedan tryckpressarna stannat. Gärna häftiga löp och gärna ingresser som uppmanar till lösnummerköp, men sedan får det vara måtta i själva artikeln. Annars kan pressombudsmannen komma och slå en i huvudet och säga att artikeln varit osaklig och det ser inte snyggt ut.

Nu var han inte journalist. Han var chefsåklagare och över sig hade han få och de var rätt trötta och brydde sig inte om vad Lage sa eller gjorde. Överåklagaren hade åkt kana i karriären, från Riksåklagarens kansli ner till lilla Stockholms Åklagarämbete. Den enda han behövde vara rädd för, var den tredje statsmakten och den hade han i knät, så det var ingen större fara. Det var fritt fram, med andra ord, och allmänheten tyckte givetvis att den där Lage von Roth var en duktig åklagare som tog tag i brottslingarna. Åklagaren som inte klemade och som visade friska tag. Det stod så i tidningarna och det som står i tidningarna är sant.

I alla tider hade riket haft riktiga snuskpellar till justitieministrar. En söp, en hade horor och en slutligen för mycket pengar. Han hade i och för sig inte begått några lagbrott, men han hade visat upp en enastående dålig moral. Han hade tjänat pengar och det var fult, usch så fult. Han fick avgå. Så nu hade landet fått två lagböcker, en stor, tjock och tung som det stod "Sveriges Rikes Lag" på och som kom i nytryck varje år och som pluggades av jurister och för varje år tenderade att bli allt fylligare, tjockare och obegripligare för dem som skulle följa alla dessa lagar. Men lagboken är bara sammanfattningen. Det är de obegripliga författningarna som gäller. Ett par lagar om dagen hinner statsmakten producera och på ett år blir det en ansenlig mängd som vi alla är skyldiga att känna till.

Det fanns en och annan som börjat skoja med den nya moraliska lagboken och en och annan som ansåg att man snart måste fråga rövarna: "Är du socialdemokrat?" "Jaha, då blir det ett år extra. . ." "Jasså, ni är centerpartist, ja av dem kan man ju inte förvänta sig någon moral, så då tar vi väl halva straffsatsen då. . ."
Justitieministern hade aldrig varit speciellt populär bland poliserna. Det hade börjat med att dåvarande justitieministern hade uttalat att poliser åker för mycket radiobil. Själv åkte han aldrig radiobil, inte ens på Gröna Lund.
En polis hade frågat dåvarande justitieministern hur han såg på problemet att det nästan är tillåtet att slå poliser på käften.
– Man får mer straff om man slår en journalist på käften än en uniformerad kollega, sa polisen upproriskt till justitieministern.
– Ja, jag för min del har oftare haft lust att slå journalister på käften än poliser, svarade justitieministern vid polisernas årliga fackträff och då var han såld. Det var dessutom innan han fick avgå och innan han kanske hade ett starkt motiv att verkligen också slå journalister, i synnerhet en, på käften. Hur det är med den saken vet vi inte. Det är inte prövat i domstol, om man får ett högre straff om man som justitieminister slår journalister på käften än en polis. Det är inte prövat eftersom han valde att avgå. Det var ingen som sörjde då han avgick för att bli justitieråd, en post som han också fick avgå ifrån eftersom han saknade moral.

Den tredje statsmakten hade sagt sitt och på tidningsredaktionen satt en lång skåning och sa till alla som orkade höra på:
– Det finns bara två journalister värda namnet och den ena är jag och den andra är Guillou och jag är bäst av oss två. . .
Det var innan Guillou lyckats spränga HD:s väggar och fått resning i det mål han förmodligen satsade hela sin karriär på. Några få representanter från den tredje statsmakten hade börjat sniffa och Lage von Roth var lite rädd för dem, han hade all anledning i världen att vara livrädd för dem. Frågan är bara om de någonsin skulle komma på honom?

– Ja, då sitter vi här igen då, sa Göran och tittade Lars Bertilsson djupt in i ögonen. Han såg ingen botten men mannen mötte hans blick tillbaka och den var fast och inte på något sätt undflyende.
– Ja, kommissarien. Jag hörde av poliserna att jag är misstänkt för mordet på den lilla flickan. . .
Han tystnade. Göran väntade, länge.
– Just det, ni är på sannolika skäl misstänkt för mord.
– Då har kommissarien begått ett misstag.
Bertilsson höll fast sin bottenlösa blick. Det var nästan på det viset att Göran istället vek undan, han fick kämpa för att låta bli att kika ner på skrivbordet och känna sig som en våt hund.
– Jasså? Jag tror inte det. Vi vet att det är ni.

– Det var intressant, kommissarien. Kan jag då få höra hur det kommer sig att ni vet det?
– I sinom tid ska ni få veta det, men inte nu. Nu ska vi ta alltihop från början.

Tre timmar höll de på, Göran och Saxen. De var vänliga, trevliga, fordrande, arga, gapiga och de hotade och de slet.
– Ja det ska jag säga kommissarien, att inte har då jag tagit livet av den lilla flickan.
Det var det enda han sa. Det var det enda han tillförde utredningen. Dag efter dag efter dag.
"Närmare jul" hade Saxen sagt för nu lång tid sedan. Det var snart jul, den första snön hade kommit för att stanna och alla halkade omkring på gatorna utom norrlänningarna som var vana. Hur bär de sig åt?
– Men kära kommissarien, jag har inte gjort det.
– Jag skulle aldrig kunna ha ihjäl en fluga ens, sa Bertilsson och lät som Per Ragnar.
Om och om igen:
– Kan ni förklara vad detta är? Vi har i er bostad hittat ritningar på något som ser ut att vara två lådor, en större och en mindre?
– Det är lådor!
– Vad skulle ni med dem till?
– Jag har ritat två lådor som jag tänkte använda i ett drama som jag hoppas få upp på Dramaten i framtiden, lådorna ingår i mitt manus.
Kommissarien kan betrakta dem som rekvisita!
– Vilket drama?

– Ett drama som jag har i mitt huvud. Jag har inte skrivit ut det ännu, förstår kommissarien?
– Men lådorna har ni hunnit rita?
– Ja, de är klara.
– Inget mer än två lådor?
– Nej! bara två lådor.
– Har ni haft kontakt med någon på Dramaten?
– Ooo, nej. Mannen slog blygt ner ögonlocken.
– Ni sitter alltså hemma med två ritningar, på en större låda och en mindre låda och det ska jag tro är rekvisita till ett kommande drama på Dramaten?
– Ja just så, kommissarien! Bertilssons röst var vänlig och han slätade till sitt svarta hår för hundrade gången.
– Jaha, ja. Potatismjölet då?
– Det har jag förklarat om och om igen, jag skulle ta fram stärkelse. Jag hällde potatismjöl i en bunke, jag fyllde den med vatten och jag separerade detta.
– Varför?
– Ett experiment, kommissarien. Jag håller ofta på med olika experiment.
– Varför just potatismjöl?
– Potatismjöl ena gången, något annat en annan gång!
– Som vad?
– Jag har gjort smörsyra, jag har gjort nitroglycerin. . .
– Nitroglycerin?

– Ja, det är inte så farligt, inte om man behärskar kemi och inte om man gör små mängder. . .
– När höll ni på med potatismjöl?
– I somras, i augusti eller så, jag minns inte riktigt. . .
– Som experiment?
– Ja, jag håller ofta på och pysslar.
”Pysslar”, jo jag tackar jag tänkte Göran och kastade menande blickar på Saxen. De var maktlösa. Han hade svar på allt, precis allt. Han hade aldrig mött henne, aldrig talat med henne, aldrig mördat henne. Framför allt hade han inte mördat henne, han som inte kunde slå ihjäl en fluga ens.
– Vet ni vad kloroform är?
– Ja, det är ett gammalt beprövat bedövningsmedel, ja man kan till och med döda kaniner med det.
– Har ni provat?
– Nej, sa mannen och slog blygt ner blicken. Men jag har läst!
– Var då?
– I böcker, jag har läst många böcker i mina dagar, ska kommissarien veta.
– Tror jag säkert, men i vilken bok?
– Det kan jag inte minnas så här i efterhand, jag har läst det. Det har väl alla?

Dag ut och dag in. Saxen stod på sig: ”Det är han”, ”Jag vet det”, ”Jag är säker”. ”Vi tar honom närmare jul”.

Det var snart jul. Mördaren som sövt Gabriella Marianne Gudmunsson var ännu inte fast, men på Allmänna Häktet satt Lars Bertilsson och han hade på ett hår häktats av en rådman som litade på tekniska roteln. På ett hår!
Nej, det var fel. Lars Bertilsson var häktad på två konstiga ritningar och på en ansenlig mängd potatismjöl. Troligen den ende mannen i världen som satt på potatismjöl.
— Potatismjöl? hade rådmannen sagt och kikat försiktigt på Lage. Men Saxen hade varit med nere hos häktningsdomaren och denne hade respekt för Saxen och hans avdelning och han hade låtit Saxen och polismakten få som den ville, han lät häkta Lars Bertilsson med orden:
— Åtal skall vara väckt inom tio dagar från idag. . .
Tio dagar! De kunde inte påräkna att de skulle få Bertilsson omhäktad, de fick bara tio dagar på sig att bevisa att fil kanden Lars Bertilsson sövt Törnrosa med kloroform för gott.
Nu dög det inte med spår längre, nu skulle bevisen fram. Lage sa "godmiddag" innan han lämnade Saxen som återvände upp på tekniska roteln, satte på sig en vit rock och glodde på proverna med potatismjöl. På provpåsen stod det "sängen" och han glodde för miljonte gången och han var säker: "Det är han".

Häktad på potatismjöl, på håret. Egentligen var Göran rätt nöjd med sina odds. Han hade trots allt tio dagar på sig och tio dagar är en lång tid om man jobbar. Göran kände sig utmanad av Lars Bertilssons evigt svettiga hand, tillrättalagda hår, blanka skor och eviga snack om "kommissarien". Ja, det var en ren utmaning och det tilltalade Göran. Han slog upp Expressen.
Denna dag, torsdagen den 15 december 1983, kunde man läsa en artikel i Expressen som bar rubriken: "Nytt brev kan fria spiondömde officeren" och journalisten hade avslutat sin artikel med orden:

"Brevet finns nu hos spionåklagare K G Svensson. I nästa vecka avgör högsta domstolen om de tio maskinskrivna raderna innehåller sådana uppgifter, att flygofficeren kommer att få ännu en chans att bevisa sin oskuld".

Nog var vi "närmare jul" alltid, den har det lätt åklagarmakten. Tänk så praktiskt och skönt att vi äntligen har smyginfört omvänd bevisbörda. Den dömde får en chans till att bevisa sin oskuld. Det är snällt av åklagarmakten. Hemskt snällt, näst intill väluppfostrat.

Därför var Göran nöjd. Han vägrade gå i maskopi med övriga världen som allt oftare ansåg att eventuella brottslingars brottslighet inte behöver bevisas av åklagaren, utan att det gott och väl räckte med att den utpekade inte kan bevisa sin oskuld: ”Du har mördat din svärmor! Har jag? Ja, hon är död. Bevisa motsatsen. Varsågod!”
Tredje statsmakten rapporterar till allmänheten, att det näst intill är en gunst, en välgärning, om högsta domstolen låter en, ännu en gång, försöka bevisa sin oskuld. Tack, jultomten. Vi är så glada och vi är så snälla och vi bryr oss inte heller, för det kan aldrig hända mig. Bara andra, inte mig.

Göran satt och lekte med en penna. Göran Skogsberg satt ofta och lekte med en penna då han behövde tänka. Det var sent på eftermiddagen och han hade, som sagt, redan klarat av kvällspressen. Han sökte Eklund och Fors och av någon underlig anledning fick han tag på dem direkt. De var inte kvar längre i utredningen, men kom om de behövdes. Nu behövdes de, mer än behövdes, eftersom Göran nu måste mobilisera allas krafter för att knäcka ”professorn” i kulturhistoria och bryta sig in i hans sagovärld och fånga prinsen.

– Jag vill veta allt om honom, från första slurken av modersmjölken och hela vägen genom livet. Allt! sa han till pojkarna och de nickade och bekräftade att de förstått att de hade blott tio dygn på sig.
Själv fortsatte han att leka med pennan och han tänkte och han visste att han missat något, något oerhört väsentligt och helt avgörande. Men vad? Han tänkte efter vad mannen sagt, hur han svarat och hur han sett ut. Men Göran kunde inte komma på vad det var han hade missat, han bara visste att det var något.
Han ringde till Saxen och bad denne gå igenom ärendet en gång till. Saxen blev sur.
– Det gör jag varje dag!
– Du hittar inget?
– Nej, inget mer och nu är vi helt säkra på att vi heller inte har hittat motsvarande pulverfärg hemma hos honom som vi hittade hos flickan.
– Bara potatismjölet?
– Ja och hemma hos honom fann vi det i hela hans rum, men vi hittade inget i hyrestantens utrymmen utom på hennes pianostol och hon sa, att det var inte så konstigt för där brukade han sitta då han kom på kaffe hos henne.
– Ja jag vet, Göran suckade och hällde upp den här utredningens femhundrade kopp kaffe.
– Du ser, det är han och ingen annan än han. Man har inte så där mycket potatismjöl i sin miljö! När han förflyttar sig dräller det av potatismjöl, det rasar av honom.
– Räcker det för tingsrätten?

– Ja, sa Saxen, om Lage sköter sig.
– Det kan du inte räkna med. . . Göran lät dyster.
– Nej, jag vet. Det ser bekymmersamt ut, men vi måste få upp det i rätten även om vi inte får fram mer, karln är tokig! Rätten får släppa honom, jag gör det inte.
– Karin kanske kan få en chans till att bevisa sin oskuld. . ., Göran log illmarigt.
Saxen blev tyst. Mycket tyst. Knäpptyst och efter en liten stund sa han till Göran:
– Ja, ja, den dagen de lägger ner tekniska roteln, då ska jag bråka. Vi kan ännu fria och fälla folk, om det så bara är på potatismjöl.
– Det återstår att se, sa Göran och han var fortfarande mycket dyster och om sanningen ska fram var han heller inte lika säker som Saxen, att det verkligen var fil kanden som var Törnrosas mördare. Han fick inte riktigt ihop det uppe i sitt tänkande och malande huvud. Han hade huvudvärk, dessutom.

Fors och Eklund var grundliga av sig, därför begav de sig till Skåne. De började från början, så att säga och de fann att den lille gossen hade fötts 1945 en aprilnatt av en Ragnhild Bertilsson som var skriven som "fru" och pappan uppgavs heta Torsten Bertilsson och hans yrke var kort och gott "officer". I Skåne hade det inte hänt mycket men huset de bott i var rivet, inga grannar att fråga och heller inga vänner.

Därför åkte Fors och Eklund snart till Vagnhärad och de upptäckte då att den gode Bertilsson undanhållit sanningen avsevärt. Han hade bara bott i Vagnhärad en kort tid i en hyrd villa. Bara efter något år hade familjen köpt ett eget hus i den idylliska lilla byn Malmköping och Fors och Eklund tog in på Malmköpings Värdshus och lät den frodige krögaren bjuda dem på en delikat pytt i panna. Krögaren var känd över halva Mellansverige för sin pytt, men det kunde inte Fors och Eklund veta. Deras kunskaper brukade inskränka sig till Stockholm med förorter, i synnerhet de södra.

Nåväl, på Malmköpings Värdshus var de och de frågade krögaren om han mindes någon Lars Bertilsson med mamma Ragnhild och pappa Torsten?

– Jadå. De bodde uppe vid Malmahed i villan som nu ägs av Bengtssons. Pappan var väl på regementet i Strängnäs tror jag. Jag minns inte så noga, det är länge sedan.

– Kände ni dem?

– Nej, det gjorde jag inte, inte alls, men på en sådan här liten plats vet man vilka som bor här och inte bor här.

– När flyttade Bertilssons?

– De flyttade aldrig. Majoren dog för tio, femton år sedan och majorskan levde så sent som förra året, berättade den välorienterade krögaren. Fors lade märke till att han var välorienterad men inte skvallrig. Fors tog upp sin legitimation och förklarade hur landet låg och att de hade i uppdrag att ta reda på allt om sonen, Lars Bertilsson.
– Honom minns jag dåligt, han flyttade härifrån till Stockholm tror jag och han var inte hemma ofta sen dess, han drog inte jämt med pappa sin.
– Gjorde han inte? Eklunds väderkorn vaknade.
– Nej, det gjorde han inte och det ska jag säga konstaplarna, att det inte var konstigt för den mannen var inte vänlig!
– Var han inte vänlig? Hur menar ni, sa Eklund frågvist.
– Ja, man ska inte tala illa om döda, men så mycket kan jag och hela byn säga, att majoren inte var snäll varken mot djur eller barn eller frun heller för den delen. Krögaren såg bestämd ut.
– Vem är det? hördes en gäll stämma inifrån krogens kök.
– Det är bara några som frågar om Bertilssons, svarade krögaren vänd in mot köket. Fors antog att det var krögarens fru, han skymtade en rödhårig, ivrigt arbetande kvinna längre in i köket. Det såg ut som en arbetsbänk. Kanske var hon kallskänka?
– Jag vill att ni uttrycker er distinktare, manade Fors.

– Ja, vad ska jag säga, han var militärisk av sig. Hans pojke, Lars alltså, han blev inte som andra pojkar inte. Nej, han fick för mycket spö hemma. En och annan hurring tål man väl, men han fick för mycket och det såg man på honom, sa krögaren och han började känna sig stressad för kvinnan ute i köket skrek något om någon biff som var klar. Krögaren ursäktade sig och vände om och gick tillbaks in till sitt dagsverke och levebröd.

Fors och Eklund stod i den pampiga hallen på Malmköpings Värdshus och beslöt sig för att gå till posten. På posten vet alla allting i små byar, tänkte de och eftersom de skymtat posten mitt över vägen var beslutet givet.

Men på posten var det idel nya och ingen mindes Lars Bertilsson, de mindes bara hans mor och hon var som alla andra, som de sa på posten i lilla Malmköping.

– Vi tar krögaren igen, tyckte Eklund.

Fors nickade.

De återvände till krogen och steg in i matsalen och satte sig vid ett dukat bord och kände på den vita, fina linneduken och då hovmästaren kom, iklädd uppsträckt uniform, beställde de in kaffe och en liten whisky. Det satt fint efter pytten och det satt fint för att det var kallt ute, kallare här nere i hjärtat av Södermanland än det var uppe i Stockholm.

De bad hovmästaren att han skulle be krögaren komma in till dem i matsalen då han hade tid och de drack sitt kaffe och då krögaren kom in var whiskyn slut och han sa till dem, att han omöjligt kunde tala med dem omedelbart. Han bad dem vänta till klockan tjugotvå då de skulle stänga krogen för alla utom för de övernattande. Fors och Eklund var hotellgäster och kunde således förvänta sig krögarens uppmärksamhet senare på kvällen. De fördrev tiden en trappa upp i en slags salong där de spelade kort, slängde ett öra mot teven och nyhetsprogrammen och slösnackade om deras hjärtligaste samtalsämne, brudar.

De båda spanarna, Fors och Eklund, hade ingen aning om att de befann sig i en by som faktiskt hade varit stad över en natt. Självklart var det ett byråkratiskt misstag, men ändå och byborna var lika stolta över denna företeelse som de var missnöjda med kommunsammanslagningen då Malmköpings kommun upphört att existera och gått upp i Flens kommun. De kände heller inte till att byn höll sig med en egen politik som de drev, om än utanför de parlamentariska organen. Bystämman hade köpt in ett gammalt hus, Plevnagården, då Narconon velat köpa det och där starta hem för narkomaner. Det kunde byborna inte finna sig i och därför köpte de huset och gjorde om det till pensionat, handelsbod och restaurang. Inte heller kände de till att man i byn hade egna lagar, egna domare och egna domstolar och att den som hamnade utanför byns gemenskap inte hade stora sociala chanser att överleva. Byn var på detta utmärkande sätt kollektivistisk men beboddes av knappt tusen individuella medborgare, några kunde inte ens ge Konsum sitt stöd.
Nej, de såg inget under idyllen och trots att det var nästan full vinter och kallt förstod de att om sommaren måste det vara mycket vackert här och de förstod att heden, sjön och ängarna gav människorna frid och ro och en glädje som den som befinner sig runt och vid polishuset på Kungsholmen inte ens kan komma i närheten av. Man kan bara hjälpligt känna naturens närhet nere vid Norr Mälarstrand.

Klockan tjugotvå och tio kom krögaren och i handen hade han något som såg ut som en gin och tonic. Han slog sig ner i en av läderfåtöljerna i övre hallen och han såg besvärad ut. Fors anande att han egentligen inte hade mycket mer att säga och att det snarast vore ett misstag än en förtjänst att pressa honom på uppgifter som mera var till för att göra polismakten tillfreds än att beskriva verkligheten.

– Ja, som jag sa, sa krögaren, pappa hans var inte snäll. Det vet alla här i byn.

– På vilket sätt var han inte snäll? frågade Eklund.

– Han var militärisk i ordets negativa betydelse, sa krögaren.

– Hur uttryckte det sig exakt? frågade Eklund som tydligen tagit kommandot över förhöret. Det var lika bra det, tänkte Fors som aldrig var lika pratsam av sig som Eklund.

– Ja, han slog pojken, han slog sin fru och han, ja han var tvär och elak, mer finns inte att säga.

– Pojken, hur var han?

– Inte som andra i alla fall. Han gick mycket för sig själv och han var aldrig med andra pojkar.

– Hade han någon flickvän? frågade Eklund.

– Nej, det tror jag inte, han var inte sådan, krögaren såg missmodig ut.

– Då får vi tacka för oss, avbröt Fors och reste sig och krögaren tog tillfället i akt och avlägsnade sig och med tunga steg gick han ner för den breda värdshustrappan och åter in i köket. Han glömde att stänga dörren efter sig och Fors som gått en bit efter honom, som om han vore värd och ville leda honom ut, kunde höra hustrun där inne i köket.
– Att de ska rota i gammalt!

Spanarna åkte vidare på sin turné och med sig hem till Göran hade de en hyfsad bild av den misstänkte mannen. Han hade haft en sträng far som av andra uppfattades som rent elak och självsvåldig och han hade haft en förtryckt mor, få vänner eller inga alls och ingenstans hade man kunnat hitta en enda liten flickvän. Det var för Fors och Eklund en oerhörd tanke, att leva ett liv utan kvinnor. Hur stod han ut?
– Han kanske inte stod ut, sa Göran då de avrapporterade och han bet på sin penna.
Trots att tre av de utsatta tio dagarna hade förflutit tillät sig polismännen att gå till Kungsholms kyrka en tidig tisdag morgon och där fira årets adventshögtid. Varje år har Stockholmspolisen en högtid och detta år inleddes den med att de båda körerna, den kvinnliga och den manliga, sjöng ”Stilla natt” på ett sätt som gav varje åhörare en lyckoupplevelse. Männen stod uppe på läktaren och kvinnorna stod framme vid altaret och mitt emellan satt åhörarna och njöt.

Fors och Eklund satt med armarna i kors, höll dem hårt över magen för de ville inte riskera att någon ens skulle kunna tro att de tyckte om att sitta i Kungsholms kyrka och höra ”Stilla natt” sjungas på ett sätt som bara är möjligt i en stor och väldigt akustisk kyrka. Det skulle inte vara bra för deras image och därför sökte de sitta och se oberörda ut även om de nu ingalunda var det.
Efter ett antal vanliga sånger hämtade ur den traditionella julviseboken gick man ner till stora polishusets matsal på Bergsgatan för att där åse hur landshövdingen delade ut årets medaljer till dem som troget tjänat kåren i trettio år.
Landshövdingen var bakfull och inte alls lika krävande som han brukar, inte ett pip hördes om att han ville ha sitt te fort och han föreföll överhuvudtaget allmänt slö och nedstämd.
Desto piggare var polisstyrelsens ordförande som bestämt sig för att bli vän med poliskåren, hur det nu skulle kunna gå till när kommunikationen kändes ensidig för poliskåren.

Men medaljutdelning blev det och kaffe med dopp och efter den ceremonin var julfirandet avslutat i tjänsten och nu återstod bara ett visst antal privata julfiranden med gröt, gråt och klappar. En hel del av de yngre polisassistenterna skulle få tillbringa sin jul rullande eller patrullerande och de äldre skulle få vara hemma i sina bostäder och en och annan skulle sitta och hoppas på att de blev övertidsinkallade. En del poliser har det svårt i sina äktenskap. Det kan tänkas bero på skifttjänstgöring, att de får en annorlunda syn på både samhället och människorna än andra och att de måste, för att klara av sitt jobb, arbeta mycket, hårt och engagerat. Mördare tas inte på ordinarie tjänstgöringstid, mördare tas på övertid. Det var Saxens oavvisliga övertygelse och den drev honom till polishuset varje morgon i ottan.

Göran satt och bet i pennan. Hur kom mördaren in? Nu antog han att det verkligen var så att Olsson kommit efter mördaren och inte kunnat uträtta sitt planerade ärende för att Gabriella redan var död. Hur såg det ut innan Olsson kom dit? Han hade sagt att dörren till balkongen varit låst och att han därför slagit in rutan och på så sätt öppnat det enkla balkonglåset. Varför har folk så enkla balkonglås? tänkte Göran irriterat.

Men hur kom mördaren in? Rummet var slutet och han kan inte ha kommit in med nyckel. Det ansåg Göran vara en omöjlighet eller en tillfällighet av sådan grad att den inte skulle vara sannolik. Hade hon släppt in honom? Nej, hon hade sovit och blivit sövd och dödad i sömnen. Det var killarna på rättsläkarstationen säkra på och deras kunskaper mopsar man inte upp sig emot. De vet vad som är naturligt och inte naturligt, mord och inte mord.

Det är inte lätt att vara mördare. En och annan har sökt dölja sitt brott genom att efter ett mord sätta eld på offret och brottsplatsen. Sådant ler de åt på rättsläkarstationen och avfyrar bara ett utlåtande om att de inte hittat den minsta lilla rök i offrets lungor eller koldioxid i blodet. Men för Gabriellas mördare såg det lättare ut och det enda Göran hade var en brottsplats dit det kommit en mördare och han kunde inte ens tala om hur mördaren tagit sig in. Det skulle aldrig gå i tingsrätten och därför måste han knäcka den nöten innan de resterande sju dagarna runnit iväg och hans tid obönhörligen var till ända.

Samtliga förhör med familj, grannar och vänner var nu inkörda i våldsrotelns dator och han satte sig framför den och lekte och hoppades på att få träff. Han sökte på ordet "dörr", ordet "lås", ordet "balkong" och ordet "ytterdörr", men han fick ingen säker träff och som ett sista försök matade han in ordet "stänga" och då kom det upp ett par, tre förhör som Göran beslöt sig för att läsa. Det var i det tredje förhöret som han hittade en möjlig lösning och det var i förhöret med Gabriellas väninna som hon träffat på eftermiddagen. PM:en från förhöret var urusel och författare Linder.
"Vi satt på altanen på eftermiddagen och lyssnade på musik och därefter gick vi ut och jag minns att Gabriella inte stängde dörren. . ."

Två timmar senare satt väninnan framför Göran och han fick nu själv veta det som Linder en gång fått veta men sedan glömt eller inte brytt sig om att värdera. Väninnan hade talat med Gabriella om den man som följde efter henne och de hade enats om, att det var bäst att Gabriella sov i mammans säng där hon hade telefonen precis bredvid sig och om han störde henne skulle hon kunna larma antingen väninnan eller polisen. När de sedan brutit upp från sitt samtal om mannen och från musiken hade de lämnat balkongen och Gabriella hade inte låst balkongdörren och framför den hade det hängt ett tjockt, rött sammetsdraperi. Väninnan hade inte trott att Gabriella hade kommit ihåg att stänga dörren senare för man såg inte att dörren var öppen då draperiet dolde balkongdörren. Ute på bakgården hade en drös ungar lekt och några vuxna hade vänt sina ansikten mot den bleka höstsolen som om de velat krama ur den de sista strålarna.

— Men det sa jag på förra förhöret också, sa väninnan och tittade misstroget på Göran.

— Jag vet det. Göran log sitt bästa dammsugarflin och i sina tankar läste han lusen av Linder som bara registrerar men aldrig någonsin använder det huvud han borde ha fått då han föddes utom då han planerade antalet starkölsburkar.

Så enkelt var det alltså. Göran insåg att det finns inga slutna rum, utom i knepiga och otroliga deckare. Tösen hade varit rädd för en man, så rädd att hon bytt sovplats och ändå hade hon gjort det som är farligast för alla kvinnor, hon hade sovit på nedre botten med öppen dörr. Omedvetet hade hon därmed bidragit till att hon skulle komma att bli mördad med kloroform, men å andra sidan hade hon på samma omedvetna sätt ordnat det för sig så att hon sluppit möta Kent Olsson och frågan var vilket som var värst? Vad väljer man om man får välja mellan pest och kolera, ett val som människan ofta ställs inför och där det helt enkelt inte erbjuds några lätta lösningar. Göran insåg att flickan aldrig hade behövt välja mellan vare sig pest eller kolera, hon sov då hon dog och det var bara han, betraktaren, som visste vad som skulle ha hänt henne om hon levt då Kent Olsson dök upp på scenen. Mäster själv, så att säga.

12

— Tingsrätten påropar målet allmänne åklagaren mot Lars Bertilsson, sa rösten i högtalaren och Lage von Roth gled först in, hälsade på rättens ordförande, satte sig ned på sin plats till höger om rätten och såg som vanligt självklar ut.

Lars Bertilsson var rekvirerad från häktet och hade två vakter med sig samt en advokat som sällan eller aldrig gjorde något annat än att rapa dofter av lax och hackad rå lök. Han hade dock rätt akt med sig, och kom ihåg sin klients namn. Det var inte illa, mer än de flesta kan förvänta sig av den normale advokaten som lever på rättshjälpen. När man läser tidningarna kan man få för sig att advokater sliter som djur, gör egna utredningar, annonserar efter vittnen, tillrättalägger sin klients historia och håller lysande pläderingar i tingsrätten och skakar hand med sin klient efter en friande dom inför journalisternas glittrande ögon och kameramännens blixtrar.
Men så är det inte. Några få agerar som man förväntar sig av en advokat och resterande delen bara gäspar och som sagt rapar dofter från den finare världen och braxar omkring i snabba bilar och leker. De ger upp bara några år efter examen.
De är så likgiltiga att få av dem reagerar ens över att analysen av bevisvärde bara sjunker och sjunker och det ska allt mindre och mindre till för att tex anhålla någon. Egentligen borde bara två saker gälla, folks erkännanden eller teknisk bevisning. Vittnen är övervärderade och det vet alla som någon gång hört ett vittne.

I målet mot Lars Bertilsson hade man inget erkännande och mycket lite teknisk bevisning. Detta var ett indiciemål och då handlar det om att handskas varsamt med det man har, inge respekt hos rättens ledamöter inför det lilla man verkligen har lyckats säkra. Det var nu Lage von Roth inte expert på utan han trampade på i ullstrumporna precis som vanligt. Han bjöd ut fakta som inte var några bevis, men han kallade dem ändå bevis och han glömde bort att lyfta fram det som var bevis och alltihop blev givetvis bara en enda illa tilltygad ostsufflé.
Lage von Roth hade dagen innan förlorat ett skräpmål, men han hade inte haft förmågan att analysera varför. När han förlorade brukade han bara slå igen portföljen och se sur ut och lämna sessionssalen med orden "gomiddag", näsan i vädret och med långa kliv ta sig upp till Bergsgatan och in till den utredningsman som skött ärendet och där utbrista i ett vanvettigt råskällande.

Det var nämligen så, att polisen hade gripit en ung missbrukare. En flicka som var runt de tjugo och då man grep henne hade hon en kasse innehållande stulna kläder från en av citybutikerna och längst ner i väskan hade hon narkotika. Under förhöret nekade hon till stöld och sa att hon fått väskan av en okänd man, som hon bara kände igen till utseendet men av naturliga skäl inte kunde namnet på. Han hade gett henne i uppdrag att vakta väskan, då han själv skulle utföra en del ärenden som pockar då man är knarkare.
Nåväl, den käre Lage stämmer således flickan för häleriförseelse och narkotikabrott och det blir också pannkaka eftersom han precis just då har bevisat att väskan inte ägdes av flickan. Hon kan därför bara fällas för häleriförseelse för att hon i sin vård haft väskan som innehöll stulna kläder. Men hon kan givetvis inte fällas för narkotikabrott, eftersom det inte var hennes väska och därmed inte hennes narkotika.
Hade Lage varit smart hade han stämt henne för stöld och påstått att hon stulit kläderna och att väskan var hennes och tillika narkotikan. Då hade hon möjligen friats från stöld om bevis saknats, men fällts för innehavet av narkotika, som hon mer eller mindre haft i handen.
Men sådant tänker inte Lage von Roth på och då går det som det går. Domstolen själv ändrar inte i en stämningsansökan.

I målet mot Lars Bertilsson gick det alltså inte alls, tingsrätten förstod ingenting av vare sig damm, potatismjöl eller tekniska rotelns prover. Saxen låg hemma med trettionio graders feber och kunde inte medverka och Lage von Roth som aldrig läste på kunde inte svara på de enklaste frågorna. Göran uthärdade inte ens tanken på att gå dit.

Rättssystemet fungerar ungefär så, att en polis skriver ut själva förhören och utredningen. Det kallas förundersökningsprotokoll och ligger sedan till grund för åklagaren och hans vidare arbete. Polisen är således författare till materialet och det är utredningsmannen som vet och känner igen var alla de tiotusentals bitarna finns. Åklagaren är som en recensent, han är den första läsaren och han tar sedan ställning till om det finns skäl för åtal. Han värderar sina möjligheter att vinna målet och om han inte tror att han kan vinna målet lägger han ner det då ”brott ej är styrkt”. Det sistnämnda handskas åklagarna i Stockholm mycket vårdslöst med och de själva är en slags första domstol sett med målsägandens ögon.

Vill inte åklagaren ta upp en anmälares sak är denne i praktiken chanslös om han eller hon inte vill driva ett eget åtal, som kan medföra att man själv blir åtalad för att man felaktigt stämt någon. Åtalseftergifterna är många, ja oändliga och det är således åklagarna själva som sovrar och inte domstolarna.

Om man, som Lage von Roth, läser på dåligt och inte har med sig utredningsmannen som kan målet och förmår hålla styr på det hela är målet förlorat. Det krävs och det ska krävas oerhört mycket innan man dömer någon för dråp eller mord till sex år eller tio års fängelse om gärningsmannen nekar. Åklagarens chans ligger i att han verkligen kan sitt mål och är snabb i tanken, verbalt uttrycksfull och att han inte kallar bevis som bara har spårvärde för bevis med bevisvärde. Då fnyser tingsrättens ledamöter åt åklagaren och hans gallimatias. Det går inte att bara luta sig bakåt och använda pundarnas favorituttryck: "Det löser sig!" "Professorn" Lars Bertilsson frikändes av Stockholms tingsrätt strax före julafton och han lämnade tingsrätten på Scheelegatan som en fri man och i tidningen kunde man läsa: "Hägerstensmördaren fri" och det var som vanligt, med andra ord, att en fri medborgare som anklagats för mord nu var en fri mördare.

– Det är han! sa Saxen, när Göran ringde honom hem där han låg i sin säng med chinaspin och pappersnäsdukar.
– Vi klarade inte tingsrätten, Göran var dyster.
– Vi? Vilka jävla vi? Lage klarade inte tingsrätten men hade du väntat dig något annat? Saxen fnös, nös, rös och hostade. Göran visste inte vad han skulle säga, om han nu hade något att säga.

– Vi tar honom efter jul. Saxen lät ohyggligt uppmuntrande.
– Hur ska det gå till? Det har ramlat in tre mord sedan månadsskiftet, sa Göran dystert.
– Vi ska ta Törnrosas mördare! Jag ger mig inte, det vet du väl? En annan är från Småland och det ska jag säga dig, Göran, är det något vi vet på roteln så är det att Lars Bertilsson mördat Gabriella och det ska jag bevisa, när jag blir frisk, efter jul!
De utdelade de vanliga önskningarna om en God Jul och båda visste de att de skulle tillbringa julen på jobbet och låta killarna med småbarn få vara hemma och dansa runt granen och anmälningshögen skulle fullständigt slå sina tidigare rekord på julaftonen och natten mot juldagen, för då har Svensson köpt brännvin och ska ha fest och när Svensson köper brännvin och håller fest då får ordningspolisen mycket att göra. Under de stora helgerna skall dessutom alla självmördare ta livet av sig, alla strålisar har besök av små tomtenissar som dansar på parketten och alla ensamma ringer och gråter och i polishuset spelar man "Stilla natt" i centralvakten hela natten lång. På morgonkvisten vid sex, då Svensson inte orkar längre, samlas man runt vaktkuren och folk från jourer och ifrån självaste Krimjouren dricker ett glas glögg och önskar varandra en God Jul och radion den tystnar och anropen minskar och hem går män och kvinnor till sina familjer och önskar även dem en God Jul.

Möjligtvis skulle Saxen själv inte kunna delta i årets julnatt eftersom han var ohyggligt förkyld och sjuk, men om han blev det minsta lilla bättre skulle han tveklöst sitta där uppe på tekniska rotelns avdelning ett och kika i sitt mikroskop och leta, tänka och beskriva hur man efter julhelgen skulle kunna ta Lars Bertilsson och bevisa sannolikheten att han och ingen annan än han hade bragt Törnrosa om livet. Om Göran kände Saxen rätt skulle han resterande delen av sitt liv ägna sin fritid åt ”Törnrosamordet” och under sin ordinarie tjänstgöringstid ta hand om och utreda de andra morden man skulle få på halsen under nästkommande år. Hans skrivbord skulle vara belamrat med all sköns burkar med prover, rostiga spikar som skulle analyseras, tumvantar som skulle kontrolleras mot avtryck av vantar på brottsplatser och jord, leror och gräs och i detta virrvarr skulle han ändå ha en liten låda innehållande hundratals små lappar med antecknade tankar runt Gabriella-gåtan och bakom sin rygg i bokhyllan skulle pärm efter pärm avlösa varandra där han skrivit ett stort ”T” på pärmryggen för att snabbt få fram rätt material om blixten slog ner och en ny uppslagsända kom fram. Men ge sig, det skulle han aldrig göra.

Efter julhelgen träffades Göran och Saxen igen. Lage von Roth, som blivit arg i vanlig ordning, hade hoppat av fallet och istället hade man fått en ung åklagare som hette Anders Isberg. Om Isberg visste man inte mycket mer än att han hade arbetat en tid med narkotika gruppen i Huddinge och att han var känd för att ligga i och själv arbeta och själv vara med på brottsplatser och själv delta i förundersökningar och, inte minst, vinna sina mål. Det föreföll som om karlen arbetade. Dessutom hade Göran hört i korridorerna att denne Isberg inte delade RPS syn på polisens arbete och inte tindrade som en barnunge inför all teknisk utrustning som svämmade över västvärldens poliskårer.
Isberg hade till exempel den bestämda uppfattningen att man skulle stanna kvar vid manuell sökning då det gäller fingeravtryck och han berättade alltid det klassiska exemplet varför:
— Vi tog en gång en mördare för att han avsatt ett mikroskopiskt litet avtryck som härrörde sig från övre delen av hans högra tumme, längst upp mot nageln och vid första kontrollen fann vi att det inte var han, men vi bad om en ny daktning av karln och sa åt dem att vara ytterst, ytterst noga och se då, då fick vi träff! En dator hade bara sagt ”okänd” och ingen manuell hantering hade skett och han hade gått fri och då vi tog honom hade han gjort mycket skada redan.

Nej, Isberg trodde på att den enskilde polismannen betydde något och han ville inte hänge sig åt allt för mycket teknik alltför fort och detta trots att han var ung, bara trettio år gammal, men redan slipad av enträget arbete och ett nästan vilt engagemang i sin brottsbekämpning.
Göran och Saxen hade fått draghjälp och under fyra långa timmar drog de hela ärendet för Isberg och han sa inte ett ord utan han bara lyssnade och sedan kom han till beslut:
– Vi överklagar till hovrätten och du Saxen får komma in som sakvittne och förklara för dem att folk inte har så mycket potatismjöl i sina hem och att det rör sig om tusentals prover och inte ett!
Han reste sig och gick.
– Den du, han var snabb av sig, Göran lät förvånad.
– Han är bra! förkunnade Saxen.
Redan dagen efter låg en kopia på såväl Saxens som Görans bord och det var en PM om hur Isberg tänkte lägga upp förhandlingen i Svea Hovrätt och han bad om deras bedömning och Göran började nu förstå att en bra åklagare kan vara en tillgång och inte en belastning.
Dessutom hade han hunnit skriva ut sin överklagan och Göran undrade i sitt stilla sinne när Isberg hunnit med det? På natten?

Så var det. Isberg arbetade dygnet runt och han tänkte bli chefsåklagare eller länsåklagare inom fem år och det var hans absoluta mål och hans medel var att väcka uppmärksamhet genom att vara snabb, duglig, duktig och inte minst noggrann. Han hade lyckats bra redan och var en kändis på våldsroteln före kafferasten på eftermiddagen och därmed var legenden Isberg född.

Det fanns de som berättade att hans pläderingar på slaskmål löd:

– Jag anser att målet är styrkt och därmed överlämnar jag målet till tingsrättens bedömning.

Därefter reste han sig, försvann ut på jobb och brydde sig inte ens om att stanna kvar i rätten för att höra utslaget utan han lät advokaten eller vaktmästaren hälsa:

– Åklagare Isberg har gått, han ringer ner sedan. . .

Erkännanden eller teknisk bevisning och så få minuter som möjligt i rätten, det var hans metod och det såg ut som om den fungerade och hans pläderingar var heller inte nödvändiga att göra omständligare eller ens längre eftersom han uttryckligen under målens gång alltid bevisade vad han påstod och i annat fall höll han käften.

Men nu skulle han bita i ett mål i hovrätten och på lite potatismjöl skulle han driva igenom Saxens heta önskan och han övervägde länge och noga för han hade inte den minsta lust att göra bort sig eller på annat sätt sabotera sin redan utstakade väg genom karriärens, för honom, spikraka, vaxbonade korridorer.
Men efter ett par timmar med utredningsmännen var han också säker. Man har inte så mycket potatismjöl i sin miljö och mjölet är fört från Bertilssons bostad över i Gabriellas säng och budbäraren och tillika mördaren är "professorn" Lars Bertilsson. Prins Bertilsson.
Så var det lådorna? Den mindre och den större lådan, Bertilssons rekvisita till sitt drama på Dramaten. Hur skulle han lösa det? Han satt och kikade på ritningarna och skrev därefter ytterligare en klar och koncis PM till Göran och Saxen:
"Kan man inte antaga att L.B. tänkt söva flickan och att han i sin fantasi tänkt föra bort henne, företrädesvis i den lilla kistan? Vad skulle han bruka den större till? Sig själv?"

13

Linders liv var förvandlat till ett maratonlopp i flykt. Han hade ödelagt sin egen karriär och med åren hade han med all önskvärd tydlighet dragit på sig den själssjuke alkoholistens hela garnityr av allehanda bekväma ursäkter för att få dricka och för att slippa sluta.

Likt alla andra alkoholister trodde han att han var herre över sig själv och det var bara en ren tillfällighet att han kom att öka sin konsumtion och en ytterligare tillfällighet var det att hans takt accelererade i samma fart som hans alibin skapades, vilka skulle tjäna som regnrock för det hällande regn av brännvin som han utsatte sig själv för.

Linder söp, kort och gott. Kritiken mot honom var befogad om än överdriven och han hade de sista åren kommit att bli allas hackkyckling så som alkoholister gärna både vill vara och blir utsedda till. Det var nu ändå så att även Göran missade och allt oftare var det på det sättet att Göran missade att lyssna på Linder och möjligen berodde det på att Linders värde sjönk hastigare än dollarkursen steg i denna tid eller i samma takt som Linders påsar under ögonen föreföll att bli allt mer iögonfallande och svåra att undvika.

– Sluta supa! Hoppa av tåget och sätt dig på Antabussen! sa Eklund en gång och Linder glodde ilsket på den yngre kollegan och något mer blev det inte sagt på Kungsholmen om den saken. Poliser har en benägenhet att anse att var och en måste vara sin egen lyckas smed och om det uttrycket gäller på många områden, så inte gäller det alkoholister eftersom de inte förmår tugga i sig en antabus varje morgon. Varför skulle de det? De har slutat att supa. Varje morgon slutar en alkoholist att supa och varje kväll börjar han igen. Så var det också med Linder och han blev allt sämre, hans omdöme vacklade och inte minst var hans hälsa som en svajande flaggstång och han var mer sjukskriven än ute på jobb, arbetsuppgifter som ingen ville ge honom eftersom han ändå drog sig undan. I kåren är det bland det fulaste man kan göra, att krypa undan för det betyder ofelbart att någon annan kollega måste dra två lass. Sitt och Linders. Göran tyckte oftare och oftare att han fick dra sitt lass och Linders och han tyckte inte om det, inte alls. Om Linder försvann skulle hans tjänst bli vakant och det skulle i rimlighetens namn innebära att det kom någon ny. Någon sämre än Linder, ja det fick man leta efter.

Anders Isberg upptäckte ganska snart vad Göran och alla andra visste, men som ingen velat ta tag i, och hans slutsats var att Linder skulle bort ifrån utredningen och inte ens få sköta om registreringar eller sitta och fila på skitjobb. Därmed försvann Linder för gott ur det avancerade polisarbetet och han glömde snart bort vem det var som gett honom den sista nådastöten, men han skulle alltid och för evigt sitta berusad vid köksbordet och i tysthet förkunna:
– Jag skötte jobbet!

Anders Isberg fann det trivsamt att arbeta ihop med Göran Skogsberg trots att de båda herrarna var olika och Göran tio år äldre. Det som sammanförde dem var att de båda hade sinne för brott. De kunde tänka bakåt och de kunde tänka kriminellt, vilket är en förutsättning för att bli en bra polis och som avsevärt underlättar även om man är åklagare. De var båda ogifta och ingen av dem skyltade gärna med sitt privatliv, om de nu hade ett sådant. Göran gömde sig gärna på jobbet för att slippa ha ett privatliv, det föreföll oändligt mycket svårare än att vara polis i den likgiltiga staden Stockholm och Göran antog att även Isberg hade skäl att arbeta tiofalt mer än någon bad honom om.
– Okay, vi ska nu bevisa i hovrätten att Bertilsson mördade Gudmunsson, Isberg kikade utmanade på sina medtävlare, Göran, Saxen och Strid.

Isbergs medtävlare var märkbart tysta och det föreföll som de var något ovana vid att ha åklagaren mitt inne i spaningen, i tänkandet och i fantiserandets värld. Efter att ha utkämpat ojämna strider med byråkraten Lage von Roth, kan man antaga att de tre poliserna avvaktade noga på vilket sätt den unge Isberg skulle beträda deras revir. Han beträdde det inte, han klampade in i det och polisens jaktmarker var nu Isbergs jaktmarker och han delade frodigt med sig av sina egna traditionella områden och skrev som ett exempel ut häktningsframställningar in blanco och gav sina medarbetare större ansvar och större möjligheter att påverka sitt arbete. Det handlade inte längre om att lura åklagaren dit man ville utan att lura fram en mördare. Skulle man verkligen kunna klara det?

– Vi vet, sa Isberg långsamt, vi vet att Olsson såg henne död och jag antar att ingen motsäger honom?

Ingen motsade Olsson och det var nog första gången i polishistorien som tre kvalificerade poliser inte misstrodde Olssons uppgifter.

– Okay, sa Isberg amerikanskt, låt oss nu spåna fram vad som hände och hur jag ska lägga upp det i rätten!

– Dörren var öppen, balkongdörren stod lite på glänt, sa Göran. Han klev in där!

– Ja, sa Saxen. Han klev in genom den dörren, han smög sig fram till henne där hon låg och sov sin skönhetssömn och han sövde henne med kloroform, han hade samlag med henne för att han är knäpp och han visste inte att hon var död. Han stängde balkongdörren för att han är en jävla pedant och han gjorde som Olsson, han tog sig ut via porten.

Saxen lät helt övertygad.

– Varför just han? frågade Isberg.

– För att han var full av potatismjöl! sa Saxen trött och började undra om ingen fattade att man faktiskt inte går omkring med så där mycket potatismjöl i sin miljö. Det var Saxens bestående känsla att ingen, absolut ingen och inte ens hans närmaste anhöriga, förstod vad de höll på och pysslade med där uppe på femte våningen i polishuset på tekniska roteln.

– Okay, sa Isberg. Jag tror att jag har det klart för mig och jag tänker kalla dig, Saxen, som sakvittne och allt hänger på att du kan få hovrätten att fatta att ingen har så där mycket potatismjöl i sin miljö. Jag fattar det, så de borde begripa det, tycker jag.

Göran och Saxen log mot varandra. Åklagare Isberg hade allt sköna tankar om hovrätten och sin egen förmåga. Kunde det bero på att han var så ung? Som en otämjd unghingst som aldrig sprungit på tillräckligt många elektrifierade staket? I hovrätten skulle han allt få se på staket!

– Varför hade han mjöl på sig? påminde Strid som den analytiske man han nu var.

– Han var sminkad! sa Saxen tjurigt.
– Varför? frågade Isberg och han visste att det var en av de frågor de måste kunna förklara för rätten. Om man nu inte har så mycket mjöl i miljön, varför hade just Bertilsson det?
– Han är knäpp, sa Saxen. Jag tror att han blandade två färger och att dessa tillsammans blir brunt och han gillar väl inte solarier med åtföljande brudar i åtsittande kläder? Inte vet jag? Jag kan inte bevisa det, men jag tror att han sminkade sig för att bli brun och vacker och att han använde potatismjöl som bindemedel.
– Lådorna? påminde Göran.
– Ja, lådorna, suckade Isberg. Han hade en bra förklaring på den ena lådan, den kunde man gott tänka sig att en knäppskalle ville använda för att föra bort offret. Det hade hänt förr att galningar ville, så det var ingen nyhet. Men två lådor? En liten och en stor? Det var tveklöst en låda för mycket i det drama Bertilsson ville skänka till Dramaten.
– Han kanske inte visste hur stort offer han skulle välja? Så han lät göra ritningar på en låda till en liten tjej och en låda till en större tjej, Strids fundersamma och trygga stämma gav en ny infallsvinkel.
– Håller inte, avfärdade Göran och ruskade på huvudet. Ni får inte glömma bort att vi bara har ritningarna. Han har inte byggt något och jag tycker vi ska utesluta lådorna!
– Det gör inte hans advokat, upplyste Isberg.

– Okidoki, vi kör det så här: I hans bostad fann vi ritningar till två kistliknande lådor och sannolikheten är stor att en av dessa var ämnade för att transportera bort ett kidnappat och/eller dödat offer i en kommande framtid, Göran lät osäker.
Isberg ruskade på huvudet och skrattade åt Görans försök att leka åklagare. Nej man måste finna en lösning på dessa två dramatiska lådor.
– Nu går vi på krogen! uppmanade Isberg och reste sig och klädde på sig sin kavaj, som han vårdslöst slängt över Görans besöksfåtölj.
Göran, Strid och Saxen tittade förvånat på honom och hann inte säga nej innan Isberg slängt sig över telefonen för att ringa efter en bil.
– Vart ska vi? frågade Strid osäkert.

– Vi smyger in på Grands Fattigveranda, sa Isberg, som om det vore den självklaraste sak i världen och det gjorde herrarna. Där gjorde de av med halva månadslönen men det var det värt för de hade kungligt roligt även om gåtan med de två lådorna inte fick sin förklaring. Ingen enkel liten lösning kom simmande genom groggen, men de lyckades snabbt lätta upp den dystra stämningen och känslan av att de redan förlorat loppet för andra gången. Festen var nästan som turerna till Helsingfors som alla muntra poliser och åklagare gärna deltar i och för en natt får uppleva den berömda kårandan även på internationellt vatten. Det är mycket som kan hända på dessa båtturer och de liknar vilken firmafest som helst. Men ett år hade det hänt något speciellt. Rikets säkerhet kom flytande hemåt i form av ett

hundratal poliser och åklagare och väl framme vid gränsen mellan Finland och Sverige såg Göran först ett enormt uppbåd av ryska krigsfartyg och närmare gränsen låg det ryska handelsfartyg som i vanlig ordning såg mer ut som flytande radiostationer än handelsfartyg. Innanför den svenska gränsen såg han en hel rad svenska handelsfartyg och svenska krigsfartyg och han satt där, mitt på havet, utan att förstå så mycket mer än att det var en ansenlig samling fartyg. Göran är polis och han tänker i sannolikheter och kom snabbt fram till att detta var ett spår och det är inte sannolikt att så många fartyg ligger där, kusligt still och avvaktande på havet, utan att det har hänt något. Där flöt så rikets säkerhet förbi, flertalet allt för bakfulla för att kunna skåda representanterna för jordens två världar. Kusligt var det och Göran skulle sent glömma sin syn och sina känslor innan han fick veta att det berodde "bara" på att ryska ubåtar for omkring som nyfikna kärringar i vår skärgård.
Nu pågick en mindre fest inne på Grands Fattigveranda. Så värst fattig såg den inte ut att vara och dessutom var servicen inte avsedd för fattigt folk utan för fordrande människor. De fyra männen glömde snart bort både Bertilsson och Gudmunsson och ägnade sig åt dråpliga historier. Isberg drog kvällens värsta.

– Känner ni rådman Gustavsson? frågade Isberg. Strid och Saxen ruskade på huvudet och Göran nickade. Han hade mött rådman Gustavsson i tingsrätten ett par gånger eller rättare sagt råkat ut för honom och hans sjukliga petighet. Det påstods, fast det var väl bara elakt förtal, att rådman Gustavsson var så dålig att han inte tilläts arbeta heltid. Gör en rådman det hinner han med två eller flera mål per dag i den vanliga triviala tingsrättsfloden av pågående mål och nu skulle man förhindra rådman Gustavsson att ha så många mål. Rådman Gustavsson fick nöja sig med halvtid och borde ha gått hem till frun vid lunch, men det gjorde han inte utan han drog ut på skitmålen istället och satt troget på sin tjänstestol mellan halv tio och fyra. För att klara detta var han tvungen att höra folk själv och det ingående. Han kunde till exempel be en vakt berätta om hans vaktmärke i mössan var fastsytt eller nitat och han drog sig inte för att be om stora, dramatiska demonstrationer eller ska vi kalla det rekonstruktioner? Det tillhör själva livet att det är svårt att spela upp brott på golvet inne i en sessionssal, men det förstod inte rådman Gustavsson.

– Okay, han kom på morgonen och hittade en skadad duva på stentrappan som leder upp till rätten. Isbergs ögon glittrade av berättarlust och whiskypåverkan. Fanstyget beslutar sig för att ha ihjäl duvan och han går därför in och hämtar något lämpligt redskap som han slår ihjäl duvan med. Det bara skvätte om det och för att dölja sitt tilltag slog han in den nyss mördade duvan i en pappershandduk som han så fiffigt hämtat på den officiella herrtoaletten och så smyger rådman Gustavsson in genom de tunga portarna med den inslagna och ihjälslagna duvan under armen och efter honom droppar det blod hela vägen från entrédörren upp på gubbens tjänsterum, flinade Isberg. Poliserna drog på smilbandet och Saxen såg riktigt lysten ut, tänk om alla hade vett att avsätta sådana spår, då skulle det vara en enkel match att vara chef på tekniska roteln.
– Har ni hört om rådman Lundqvist? frågade Strid. Alla männen nickade. Ingen av dem var tydligen för ung för att känna till den dråpliga historien om Folke, käre gamle Folke som bevisade att det kan ta arton år att få fatt i en högt uppsatt skurk och som bevisade, ända in i själen på jurister, att den tredje statsmakten bör få existera i en rättsstat och inte bara jaga Carola och Herreys. Om den sedan sover, är dess eget val.
– Den jäveln, skulle man ha tagit, sa Strid upproriskt.

– Jag minns inte riktigt alla detaljer, sa den unge Isberg och antagligen var det på det sättet att Anders Isberg inte själv kunde ha något minne av den gode Folke utan att han möjligen hört fragment. Han var trots allt mycket ung.

– Han snodde pengar av dem han var god man för, sa Göran. Han drog sig inte för att klå änkor på deras sista slantar så de och deras barn fick frysa häcken av sig och när han blev JO-anmäld lutade han sig lugnt bakåt och såg självklar ut och sa till sina vänner: ”Den JO-anmälningen bekymrar mig inte det minsta, jag har själv skrivit utredningen åt JO”. Han kunde alla trix och ville inte komma till rätten och till sist bar de in honom på bår i tingsrätten och han låg under laxfärgade lakan i en sidenpyjamas och sa tyst: ”Jag bestrider”, ”Jag minns inte” eller så kläckte han förtjust ur sig: ”Det är preskriberat!” tillade Göran och drog ett djupt, djupt halsbloss på den cigarett som han egentligen, om samvetet hade segrat, aldrig borde ha tänt.

– Var det inte Moberg, som tog ton till sist? frågade Saxen.

– Ton och ton, sa Göran. Det var väl så att Vilhelm Moberg tog ton och då blev den käre Folke de stora rubrikernas man, men nog var det väl många som visste vem han var! Vad han höll på med!

– Tog det verkligen arton år att få stopp på honom? frågade Isberg som var känd för sin utomordentliga snabbhet och avverkande av busar i en enda lång och strid ström utan nämnbara förseningar.
– Japp, sa Göran. Arton långa år och han var hal som en ål.
– Lever han? frågade Isberg.
– Nej, han är död nu. Men då han kom ut från kåken, jag tror han gjorde ett och ett halvt år, så ägde han två miljoner och tjugo fastigheter och det var inte kattskit på femtiotalet.
– En omvänd Robin Hood? frågade Isberg.
– Det kan man nog lugnt kalla honom och det blev sånt liv om honom och om rådmän, att stämningen mot dem på den tiden påminner mycket om stämningen mot poliser idag, läxade Göran.
– Om man kan lita på dem? frågade Isberg.

Göran nickade och han hade inte lust att gå vidare in på detta samtalsämne, inte ens med en åklagare, för i svenskens medvetande finns alltid det svenska ordet ”lagom” och ”ingen rök utan eld” och Göran var nu bara en gång för alla illa berörd och han mådde dåligt, riktigt, riktigt dåligt över att jämt få höra att polisen slår Svenne på käften. Han var heller inte omedveten om att det fanns de i kåren som gjorde sig förtjänta av pajkastningen men det sved av orättvisa att alla fick ut för det. En för alla, alla för en. Den gamla kårandan satt i även här, fast nu i omvänd ordning och han tyckte som sagt bara illa om det och inom sig var han rasande på polisledningen. Göran bytte därför samtalsämne och berättade för de församlade herrarna en historia han hört av Bertilsson om Bellman.

– Det var rådman man skulle ha blivit, sa Isberg och flinade.

– Det räcker gott och väl med att vara jurist, muttrade Saxen och han menade precis varje ord han sa.

Saxen litade inte på jurister oavsett på vilken sida om lagboken de stod eller skulle stå. Nej, det var ingen ordning och reda på dem. Ordningen och redan i världen, var fanns den? Saxen kunde personligen inte hitta någon ordning eller reda på någonting eller någonstans utom uppe på hans älskade rotel bland alla katalogiserade burkar, prover och analyser. Där var det minsann ordning och reda. Men inte var det som förr! Nu slarvades det så förskräckligt och de unga var otåliga och inte kunde det väl handla om att Saxen själv höll på att bli gammal? Nej, det var ungdomarna som var otåliga och lata, det var vad det handlade om och nu var Saxen trött och längtade hem. Det var en dag i morgon också, därför sa han på gammeldags maner: – Adjö och godnatt pojkar!

Strid försvann i samma veva, han tillhörde också den äldre generationen och fann sig tröttare för varje dag som gick. Kvar på den fattiga verandan satt två unga män som delade på envishet, kamp, livslust och vilja och det var ingen vilja vilken som helst det handlade om, utan en omutbar och obändig vilja att få svaret på alla frågorna. De grävde sig allt djupare ner i allt yvigare förklaringar till varför Bertilsson haft ritningar på två lådor. Men inte heller nu kom det några enkla lösningar simmande upp ur groggarna, snarare sjönk alla lösningar till glasets botten och de gav upp, sa godnatt till varandra och för en tiondels sekund tog de i varandra och Isberg och Skogsberg hade blivit blodsbröder då deras respektive manschettknappar osäkert snuddat vid varandra.

Två likvärdiga motståndare mot en dåre som sminkar sig brun med hjälp av potatismjöl och söver små flickor i sömnen, det måste väl ändå gå?

– Det måste gå! sa Isberg då de sent omsider flanerade vid Nybrokajen, förbi Dramaten som aldrig skulle spela ”professorns” drama.

– Det ska gå! sa Göran.

Mitt i natten, en polis och en åklagare och båda så upplyfta av whisky att de inte hade en tanke på att deras väg var kantad av hinder, stora hinder och de visste båda, eller skulle senast morgonen därpå veta, att deras största hinder var brist på bevis. Göran anade, även om han inte gärna ville säga det, att det är svårare att få in en fil kand för ett mord än en full finne som inte har annat att göra än att langa brännvin och panta flaskor.
Men det sa han inte, det var bara något han tänkte på och sådant säger man inte i landet där jämlikheten är införd som ett absolut faktum näst intill i grundlagen. I detta fina land där vi numera har fått ett obändigt och töjbart substantiv: jämlikhet. Mera jämlikhet! Då Göran var på humör, och det skedde oftast då han badade, så brukade han viska: ”Jämlik, jämlikare, jämlikast” och hur han än vände och vred på detta nya adjektiv så fick han inte ihop det. Men det säger man inte, inte i Sverige. Inte det och heller inte ”död”, ”dödare”, ”dödast”. Linder är död, Olsson är dödare och Gabriella dödast, tänkte en berusad Göran Skogsberg.
Beslut om rättspsykiatrisk undersökning får meddelas, om den misstänkte erkänt gärningen eller övertygande bevisning förebragts att han begått den och undersökningen kan antagas få betydelse för bestämmande av brottspåföljd eller i annat hänseende för målets avgörande.
LAG OM RÄTTSPSYKIATRISK
UNDERSÖKNING I

BROTTMÅL, 2 §.

14

Isberg fick besked om att målet mot Bertilsson skulle upp i hovrätten och nu började han bli ordentligt nervös. Han ville, som sagt, ogärna göra bort sig och det ser inte snyggt ut om man inte vinner sina mål. Man ska vinna sina mål eftersom man som åklagare aldrig drar något inför domstol som man inte tror på. Tror man inte på det skriver man av det och det har inte minst drabbat misshandelsoffer som inte fått sina polisanmälningar förda till åtal och vidare till en domstols bedömning. Allmänheten tror ofta att det är domstolen som värderar busars eventuella brott eller oskuld, men det är det inte alls. Domstolar bekräftar i nio fall av tio åklagarens bedömning och det kan vara en av förklaringarna till att advokater kan gäspa sig igenom förhandlingar och endast rapa ur sig allehanda trollpackeformuleringar, som tjänar till att få klienten att tro att man arbetat när man istället vilat på lagrarna.

Nej, de flesta polisanmälningar hamnar i åklagarnas papperskorgar och eftersom de vill vinna sina mål stämmer de alltid i underkant. De kallar ett mord för dråp, för då är de säkra på att vinna ”dråpet” och det är säkrare än att stämma för ”mord” och kanske förlora benämningen ”mord”.

Isberg var som sagt nervös, men han var en bitsk, modig liten man också och han hade gett sig den på att Bertilsson skulle han snara. Att tösen Gudmunsson var död framstod inte som det viktigaste för Isberg och heller inte att den möjlige mördaren Bertilsson möjligen skulle kunna begå nya brott. Nej, nu handlade det om snille, briljans, begåvning, formuleringskonst, skådespeleri och manipulation.

Det var Isberg duktig på, det visste han och han stack aldrig under stol med att han också tyckte det själv och ändå stod folk ut med hans skryt. Han ingav respekt, ja det gjorde han, den unge Isberg.

Han tänkte på advokaten. Denne skulle säga:

– Aha, åklagaren nämner inte för domstolen att min klient hade ritningar på två lådor, varför vill inte åklagare Isberg skylta med dem? I tingsrätten kallades dessa för bevis!

Då skulle Isberg svara, lugnt, kallt och säkert:

– Det är inget bevis! Det saknar helt relevans för att bevisa att advokatens klient möööördat Gudmunsson. Möjligen kan det tjäna som bevis för att advokatens klient behöver genomgå stor rättspsykiatrisk undersökning!

Det var så han skulle göra! Just så! Han skulle bara bevisa sannolikheten och möjligheten att Bertilsson mördat Törnrosa från den andra änden, det vill säga att han skulle i första vändan inte säga att han har mördat henne utan att han kan ha mördat henne och om han mördat henne så måste det bero på att han är sinnessjuk och då vill åklagaren att rätten måtte förordna om stor sinnesundersökning på Bertilsson!

Ett beslut som inkräktar på den personliga integriteten så att åklagare eller poliser inte får besluta om att det skall utföras. Det får endast domstol göra och det är inte så underligt eftersom en sådan undersökning tar månader och ingalunda går på en kafferast och dessutom inkräktar på personens frihet. Beslutar domstol att en person skall genomgå liten eller stor sinnesundersökning så skall personen inställa sig inför den utredande läkaren. Ett beslut om sinnesundersökning är psykologiskt lättare att fatta än att döma för mord.

Isberg kalkylerade. Om han kunde få Bertilsson tokförklarad skulle lådorna försvinna ut i rymden likt två små raketer och kvar skulle detta enastående, satans mjöl finnas. Skulle det räcka för en fällande dom? Ytterst tveksamt, men Saxen är bra, mycket bra eftersom han är försynt och alltid uttalar sig mycket försiktigt i domstolen. Om någon misstror "poliser" så inte misstror de den tekniska roteln, det är bara inte möjligt.

Isberg genomlevde rättegången om och om igen, tänkte ut varje svar och lärde sig sin plädering utantill och denna gång skulle han inte avsluta med: "Målet är styrkt, därmed överlämnar jag målet". Nu satt han och hoppades att han inte skulle komma ens till pläderingen eftersom det är varje rättegångs "grand final". Nej, han ville ha ett uppskov och ett beslut om stor sinnesundersökning eller rättspsykiatrisk undersökning som det numera heter, eftersom någon velat utrota ordet sinnessjukdom. Psykopater fick man inte heller kalla dem, det var nog Hitchcock som satte stopp för det, eftersom han beskrev dessa själsblanka personer på ett sådant målande sätt. De som kunde luta sig bakåt och säga: "Jag känner inte att det skulle vara något fel att strypa någon". Olsson låg nog åt det hållet, trodde Isberg och ruskade på huvudet. Han hade mycket, mycket liten förståelse för dårar och deras lika tokiga doktorer. Han hade personligen bara lust att bunta ihop dem och slå ihjäl dem, men han förde aldrig denna sin innersta önskan till torgs. Det vore inte bra för karriären.

Isberg meddelade Göran och Saxen vad han kommit fram till och han fick deras godkännande. Det var nog den enda möjliga vägen att gå i detta potatismjölsmål och sedan var det bara att be till Gud att byxorna skulle hålla och rätten vara befolkad med människor, vars privata rutiner inte innehöll så värst mycket potatismjöl.

Dagen D kom och Isberg körde sin show med hjälp av den lille mannen Saxen. Egentligen är Saxen inte liten, han bara ser liten ut /för att han kryper ihop och är en försynt person i sig. På en rättegång är det bra att ha små, försynta poliser med sig och inga som ser ut som om de nyss kommit hem från en turné med Amerikanska fotbollslaget, eller som gapar och gastar om grader och titlar och har spända käkmuskler så man kan tro att de snart skall gå mitt-i-tu utav ansträngningen att behöva förnedra sig att stå i en rättssal och få sin utsaga bedömd.
Göran gick aldrig på rättegångar och han vågade inte gå på den här, i synnerhet inte den här och han satt därför nervöst och petade med sin penna, rotade bland allehanda meningslösa papper och bara väntade och väntade. Ändå visste han att det skulle dröja timmar innan han skulle få veta något, kanske flera dagar till och med, men han var ändå helt oförmögen att arbeta.

Tre dagar tog det för Isberg, sedan fick han som han ville och domstolen beslöt att Bertilsson skulle genomgå stor sinnesundersökning och det kunde man tacka lagen om barnaga för, påstod Isberg då han kom upp.
– Va? sa Göran.

— Ja, jag sa att farsan hans spöat honom under hela uppväxttiden och sådant biter må du tro. Alla vet att det är livsfarligt för ett barns utveckling. Men man kan stå tio minuter efteråt i samma rättssal och försöka få en domstol att fatta, att en person kan bli minst lika knäpp i en neurotisk miljö, fylld av dubbla budskap eller av föräldrar som övergett sina tonåringar för att ta utlandsjobb och som av praktiska skäl satt jäntor på Östermalm ensamma, med rundhänt underhåll som aldrig räcker, så de drygar ut kassan med att gå på gatan fast inomhus. Men det, det är tji, en sådan uppväxt är inte hälften så farlig som om man fått spö av en barsk farsa. På neuroser får man inga undersökningar, varken små eller stora, sa Isberg och gav Göran en kort inblick i rättspsykiatrins oändliga mysterium. Men han besparade Göran resten av sin insyn och det ska nog Göran vara glad för att han slapp, han som ändå fortfarande hade visioner och illusioner att hålla sig i då den grå vardagen på våldsroteln blev alltför påträngande.
— Dessutom gjorde Bertilsson bort sig själv, sa Isberg.
— Hur då?
— Han visade upp en lismande sida som gjorde rätten illamående och han hade döda ögon som knapparna de sätter i marsipangrisarna, blanka, svarta och innehållslösa.
— Mig kallade han alltid ”kommissarien” och var så artig och belevad, påminde Göran.

– Ja, visst, det funkar på dig, men det funkar inte på jurister för inför dem är han bara en lismande typ full av mindervärdeskomplex och kulturhistorien smäller inte så högt även om det är en betydande merit om man jämför med hur den vardagliga brottslingen ser ut. Nej, han klarade inte deras språk trots att han är "professor", sa Isberg bestämt.
– Det var konstigt? Jag trodde att han skulle reda sig gott där.
– Glöm det! Vet du om att det händer ibland på knarkmål att man delar ut pundarordlistor till medlemmarna i rätten, så de får lära sig att "gola" betyder "ange" och "gnoa" betyder "prostituerad" och "beng" betyder "polis"?
– Ja, jag har hört det.
– Men de delar inte ut motsvarande ordlista från juristerna till Rövare och jag minns då en rådman frågade en ligistjävel från Söder om han hade någon försörjningsbörda och vet du vad han svarade?
– Nää.
– Ja, jag har en etta på Söder.
Göran log, men han var ändå väldigt förvånad över att Bertilsson inte klarat av rättens ledamöter med sitt språk. Lika barn leka bäst, heter det. Men Bertilsson lekte visst på fel gård. Vad är det för fel på kulturhistoria? tänkte Göran. Det måste han ta reda på någon dag, en annan dag.

Nu hade de bara att vänta de månader som måste få gå innan läkaren säger sitt och i detta fall skulle det komma att bli en lång väntan. Undersökningen var klar först i maj och målet sattes ut på nytt och då fick de dra om alltihop från början och Isberg hade haft tid på sig att hitta sakvittnen. Inte bara Saxen och hans mjöl skulle analyseras utan även rättspsykiatrikern skulle tas in. Isberg hade bestämt sig för att använda sig av muntliga sakvittnen och inte långa, tätt skrivna och helt hopplösa fackintyg som ingen människa ändå förstod så mycket av än mindre orkade tränga in i, mer än doktorn själv som antagligen såg sig själv som presumtiv kandidat till Nobelpriset.

Muntlig framställning skulle det bli för att doktorns eventuella ord skulle tränga ner på djupet i rättens ledamöter och om doktorn kom fram till att Bertilsson var frisk, ja då skulle Isberg lägga ner målet frivilligt och bjuda hem Göran på middag och trösta honom. Mer än så skulle Isberg inte kunna göra, det visste han.

15

Maj månad är den månad på året som ger svensken hoppet och livet tillbaka. Det är den månaden som öppnar allas hjärtan och Kungsträdgårdens almars vårknoppning påminner oss om hur det var då på 60-talet då folket tog makten.

Striden om almarna har ofta jämförts med striden för Adolf Fredriks musikskola, men de två bataljerna kan inte jämföras eftersom striden om almarna handlade om mer än striden för några träd i kungens gamla trädgård. Det var inledningen till en revolution som sedan kom av sig i ett sömnigt sjuttiotal då soldaterna i folkets armé startade samboförhållanden och födde barn. Då neuroser, narkotika, Sobril och vin fick utgöra substitut för det gamla livet på 60-talet vars framtidstro hade trängt djupt, djupt ner i allas våra sinnen och kom oss att gråta stilla då en dåre mördade John Lennon. Då fick vi det bekräftat, att dårarna övertagit makten och endast dårar kan paralysera statsskick genom sina bomber, bränder och multimördande. Nu handlar det inte längre om att sätta sig i några almar och kräva sin rätt. På det örat lyssnar få och om man är ensam kan man möjligen, i några veckor, skapa stora rubriker genom att lägga sig i en Pudaslåda på Sergels Torg, men efter en tid förvandlas även denna heroiska kamp till något som inte förtjänar mycket mer än en notis. Stora slag kräver stora bomber och stora visioner kräver ett helt kompani vapen, i annat fall ler etablissemanget bara och den byråkratiska slåttermaskinen kör på och likt möss får vi finna oss i att springa för livet om svansen är oss kär. Allt annat är en illusion tunn som flor.

Nej, nu är det dårarnas paradis och Isberg och Göran Skogsberg lyckades få papper på att Lars Bertilsson är en tokig jävel och den djupgående undersökningen kom fram till att Bertilsson var aggressionshämmad, insnöad på brudar, modersfixerad, taskigt potttränad och djupt känslomässigt störd. Inte heller doktorn hade undgått att märka att Bertilssons neuroser kunde bryta ut bara för att han inte hittade sin kam och inte kunde hålla sin bena i perfekt skick. Bertilsson hade efter en tid brutit samman och blivit ett litet hjälplöst barnknyte. Men han erkände inte. Om och om igen försäkrade Lars Bertilsson att han inte mördat flickan och att han inte skulle kunna göra en fluga förnär. Doktorn ville inte uttala sig i skuldfrågan, doktorn får inte uttala sig i skuldfrågan, men han kunde uttala sig om att Bertilsson var knäpp och det var precis vad Isberg hade önskat.

Med hjälp av doktorns fina utlåtande, som ingen förstod eftersom det var skrivet på ett omöjligt fackspråk, och med hjälp av läkaren personligen närvarande, vars utsaga i rätten var hyfsat begriplig, kunde Isberg och Saxen få Bertilsson dömd till sluten psykiatrisk vård för dråp på Gabriella Gudmunsson. Det var en hyfsat lätt uppgift och eftersom Bertilsson ändå var knäpp kunde det göra honom gott att hamna på dårhus och eftersom hovrätten uppmärksamt lyssnat då Saxen under en hel dag beskrev, visade och bevisade att ingen, absolut ingen, i sin miljö har så mycket potatismjöl kom hovrätten fram till att det måste ha varit så att Bertilsson var full med mjöl och gick hem till flickan där han så att säga skakade av sig en ansenlig, statistiskt säker del potatismjöl. Bertilsson dömdes för mordet på Törnrosa och han föll på potatisstärkelse och tusentals prover hade försäkrat rätten om att detta inte var någon tillfällighet. Saxen blev förstådd.

Bertilsson själv satt tyst, han höll sitt huvud sänkt under rättegången och lika tyst men envist hävdade han hela tiden att han inte rört flickan och att han var oskyldig och advokaten tog fram lådorna på precis det sätt som Isberg förutspått och Isberg körde ner dem i halsen på advokaten på precis det sätt som Isberg tänkt ut. Skådespelet han sett framför sig i fantasin upprepades nu i verkligheten och Isberg höll en lysande plädering. Advokaten gjorde väl vad han kunde, men han var föga intresserad eftersom han också förstod att
man inte har så där mycket potatismjöl i sin miljö och dessutom hade Bertilsson inga feta extra arvoden att erbjuda advokaten under bordet och då fick saken ha sin gilla gång.

Bertilsson hamnade på psyket och hans vardag bestod av väckning klockan sju, frukost klockan åtta och Landstingets mycket urvattnade kaffe, han käkade torrt bröd tillverkat månader innan det serverades och la på en svettig ostskiva och han förmådde peta i sig ett stenhårt kokt ägg ett par gånger i veckan. Den övriga tiden tillbringade han i dagrummet och där la han patiens och irriterades över att kortleken så sällan innehöll femtiotvå kort och han satt där han satt och den enda gång han gick undan var då någon av hans medpatienter fick ett utbrott. Bertilsson badade på tisdagar och torsdagar och på fredagar brukade han få gå ut i sällskap med en vårdare. Månaderna gick och endast lövens skiftningar i naturens alla färger, upplyste honom om att tiden sakta men säkert kröp framåt och egentligen saknade han inte livet där ute och det var först då sjukhusets bibliotek inte längre kunde tillfredsställa honom som han kände ett allt mer växande behov av att få komma ut. Han malde på det och långsamt, oändligt långsamt, började Lars Bertilsson planera för att fly. Hans mål var att åka ner till San Remo, för i San Remo hade han varit mycket lycklig en gång i sitt liv och nu ville han återvända till lyckan som han var övertygad om gömde sig på stranden i San Remo i norra Italien. Han beslöt sig för att rymma en fredag, då han hade lov att gå ut med en vårdare.

Han skissade sina planer på små lappar och om någon enda brytt sig om Bertilsson hade man månader i förväg kunnat förutspå att Lars Bertilsson skulle fly, men det var ingen enda som brydde sig om honom mer än att man såg honom som en mycket stillsam, väluppfostrad, snäll och belevad patient och sådana patienter tilltalar alltid mentalvårdare och gnagande sakta uppluckras skillnaden mellan patient och vårdare. Gränserna suddas långsamt ut och en vacker dag står patienten där, utrustad med personalens fulla förtroende och det är precis vad som behövs för att kunna fly.

En fredag i oktober, nära ett år efter mordet på Gabriella, försvann Bertilsson spårlöst från sjukhuset och larmet gick så där lite lamt för Lars Bertilsson var en sådan rysligt snäll och stillsam person och inte skulle väl han kunna göra en fluga förnär? Lars Bertilsson som alltid var så skötsam, snäll och hjälpsam och till och med hjälpte till att hålla kaffekassan på en hyfsat hög nivå. Nej, det var inget rikslarm som gick ut och det gav Lars Bertilsson ytterligare möjligheter att ta sig nedåt landet och han hade hunnit till Lunds universitetsbibliotek, då det nådde Görans öron att Lars Bertilsson flytt och Göran som inte spelat kort med honom, som inte på något sätt kunde identifiera sig med Bertilsson eller ens se något humant i karln, slog på rikslarmet. Varje polis i hela Sverige fick ut hans bild och han hamnade på alla stationers "busband" så som varande på flykt och ordern var given: "Grip honom!" Poliser har sällan några känslor till övers för dårar och det kan möjligen bero på att det är poliserna som ser deras brottsplatser, som ser svepningen av deras offer i kall plast då Fonus anländer eller som kör svårt skadade människor till allehanda sjukhus för ihopläkning av inre, yttre och psykiska sår. I alla fall sitter poliser aldrig och drar en spader med folk som Bertilsson.

På tåget mellan Sverige och Danmark greps Bertilsson av en stor, skånsk polis som omedelbart kände igen honom, eftersom han var utrustad med ett perfekt minne. Även om strålisar och dårar inte får läggas på register finns det många, många poliser som har ett register ändå inne i sitt huvud och det kan man inte förbjuda dem.

Bertilsson fördes till polisstationen i Helsingborg och efter ett dygns väntan fördes han i fångtransporten norr över, tillbaka till psyket och det var en beslutsam man som stegade in placerad mellan två stadiga vakter och iförd handbojor. Det var ingen belevad ”professor” i kulturhistoria, som uppvisade ett sorgesamt och snällt ansikte, utan det var en spänd man i varje muskel i hela sin kropp och då den fiolsträngen brast fick Lars Bertilsson ett vredesutbrott av sällan skådat slag. Av någon underlig anledning la personalen inte ner honom på golvet och tystade honom med en nozinanspruta, utan de lät honom hålla på och det berodde inte på att man beslutat om någon speciell taktik för främjandet av Bertilssons psykiska hälsa, utan det var bara så att avdelningen befolkades av biträden som inte visste hur man ska göra med dårar som får utbrott och dessutom var avdelningen underbemannad. Det härjade en epidemi av influensa som effektivt lagt alla sjuksköterskor hemma i sina sängar och därför fanns det ingen som kunde spruta Bertilsson och någon läkare fanns det överhuvudtaget inte, bara vakanta läkartjänster, för vem vill frivilligt arbeta på dårhus när till och med en allmänläkare har bättre status?

Så Bertilsson blev aldrig sprutad och han tömde sig effektivt och han gjorde av med dagrummets inredning, trots att han så länge själv rynkat på näsan åt dem som före honom förgripit sig på möbler. För första gången var Bertilsson inte en utsvulten hund som viftade på svansen. Biträdena visste inte vad de skulle göra så de låste in sig i ett rum och vred om nyckeln till dagrummet där de hade Bertilsson härjande och så la de sin personalnyckel över larmet och klockorna ljöd i hela huset. Ifrån alla andra avdelningar strömmade det till folk och med våld tog man Bertilsson och la honom i ett spänn-bälte i ett speciellt rum där inget fanns mer än stålsängen och bältet med sitt gyllene lås och Bertilsson kråmade sig och sökte slita sig loss, men likt ett djur i bur var han fullständigt chanslös och låset på bältet knäppte till och Lars Bertilsson hade bara sig själv i ett vitt, ljust och tomt rum på ett dårhus. Efter en timme var han tömd och han hade inte mer att ge, det fanns inte mer som skulle ut och då ett litet biträde vågade stoppa in näsan i rummet för att fråga:

– Hur är det med dig?

Ja, då viskade Bertilsson:

– Jo, tack, jag vill att du ringer till Göran Skogsberg. Han är kriminalkommissarie på våldsroteln i Stockholm. Hälsa honom att jag vill träffa honom och han behöver inte bekymra sig över att han åker förgäves.

– Jaha, sa biträdet och gjorde som Bertilsson ville och det var bara för att hon var nyanställd och ännu inte lärt sig att man aldrig skall göra som dårar vill och att det är rent av oförskämt att dra ner en hårt arbetande polis för att lyssna på en satanisk dåres galna historier.

– Va? sa Göran. Jag kommer! Hälsa honom att jag kommer, jag kommer direkt!
Under sin resa till Bertilsson spelade Göran upp allt vad som hänt i sitt minne och han kände en intensiv förhoppning att Lars Bertilsson äntligen skulle besvara frågan: ”Vad skulle du med två lådor till?” Det är sådant som kan driva en polis till vansinne, att inte få veta, att inte veta allt, att inte kunna lista ut. En sådan fråga kunde bita sig fast värre än en fästing och det var en obehaglig känsla att inte veta precis allting. Göran var munter då han åkte till Bertilsson för så mycket kände han den karln, att han visste att han inte bett honom att komma för att snacka skit över en kopp kaffe.

Göran ringde på klockan till avdelningen och ett skrammel av nycklar hördes där inne, efter det att någons öga kikat ut genom ett litet hål i dörren och noga betraktat den som stod där ute och ville in. Göran lyckades tydligen passera denna första spärr och innanför dörren legitimerade han sig och bad att få träffa Bertilsson och han fördes genom ändlösa korridorer fram till en stängd, vitmålad ståldörr som påminde starkt om en pansardörr. Den hade till och med synliga nitar och rutan mitt i dörren såg ut som pansarglas och Göran antog att det också var så. Han lämnades ensam vid dörren och det alldagliga biträdet sa tyst:
– Här inne ligger han.
Göran öppnade dörren och mitt i rummet stod en bårliknande säng som var klädd med grön galon och i sängen fanns inga lakan och heller ingen kudde. Som ett levande lik låg Lars Bertilsson raklång endast täckt av en gul frottéfilt som Göran kände igen som Landstingets filt. Runt sin mage hade han det grova, bruna läderbältet som var låst med ett runt, gyllene knopplås vars styrka inte var möjlig att bryta ens för en mycket stark person och om en atlet skulle bindas fast fanns det dessutom tillgång till såväl fot- som handfängsel men dessa var inte brukade på Bertilsson utan hängde löst och oanvända vid varje hörn på sängen.

– Bertilsson! Du ville att jag skulle komma, sa Göran tyst och Bertilsson öppnade ögonen och tittade tomt på Göran, men det var inte längre ögon svarta och tomma som dem man sätter i marsipangrisar utan det var ögon som påminde om en döendes oengagerade och inåtvända blick och Göran kunde verkligen se att nu var Bertilsson en djupt olycklig människa. Intuitivt förstod Göran att han nu måste vara mycket varsam med Bertilsson och eftersom Göran var en receptiv och sensibel person reagerade han på de obetydliga signaler av hjälplöshet som Bertilsson förmådde förmedla med sin blick.
– Jag vill erkänna, sa Bertilsson tyst.
– Ja
– Jag vill att du först ber dem ta av mig bältet, det
behövs inte mer och jag vill ha ett glas saft.
Göran gick till dörren och ringde efter biträdet och bad henne släppa loss Bertilsson och ge honom ett glas saft och hon skakade nekande på huvudet eftersom de haft sådant slit med att få honom i bältet en gång.
– Jo, sa Göran. Han ska loss, jag tar ansvar för honom!

Efter en stund kom hon in och löste Bertilsson från hans bälte och Göran antog att tiden hade använts till att överlägga och kanske hade de antagit att Göran som var stor och stark skulle kunna hjälpa till om Bertilsson åter måste läggas i bälte. Kvinnan smög ut efter uträttat ärende och efter det att de gett Bertilsson en plastkanna saft och en plastmugg att dricka ur och Göran hade de försett med ett riktigt glas.

– Jag dödade henne, sa Bertilsson tyst då han smuttade på sin saft och Göran kunde se att hans läppar var mycket torra. Hade han skrikit så? Trots att Göran hade förhört honom om och om igen och fått en bra bild av Bertilsson kunde han inte längre påminna sig den. Bertilsson var helt förändrad. Han hade ett annat ansikte.

– Du ville berätta, sa Göran tveksamt.

– Ja, jag vill berätta. Jag vill berätta för dig. Får jag säga du till dig?

– Göran, sa Göran.

– Lars, sa Lars och räckte fram en knotig liten hand som bläddrat i så många kulturhistoriska skrifter.

– Jag dödade henne, sa han och höll sina händer för sitt magra ansikte.

– Du vet att jag alltid trott det, sa Göran och det var egentligen en stor lögn.

– Ja, viskade Lars. Ja, jag vet det. Men tro mig, Göran, du visste det innan jag visste det själv. Jag har aldrig ljugit för dig, jag visste inte om att jag hade dödat henne.

– När visste du det?

— Idag.
— Varför just idag?
— Jag vet inte, men det kom för mig och jag måste få berätta det för en enda person. Du förstår jag är så rädd för att jag glömmer bort det i morgon igen och jag är dig så tacksam att du kom direkt när jag kallade på dig! Lars var artigheten själv.
— Berätta du, du är ju redan dömd och du kan inte dömas två gånger för samma brott, så berätta allt du vill, sa Göran och kände sig oroväckande trist, där han satt mitt emot en människa i avbön.
Lars satt tyst. Han drog in luft. Han tog sats. Han förberedde sig och nu, nu skulle han upp till ytan, en sista gång skulle han upp på ytan och sedan skulle han kunna sitta där i dagrummet och lägga sin patiens i fred och gå undan då någon förgrep sig på möblerna och bar sig hemskt illa åt.
— Jag såg henne vid posten och hon var bländande vacker och jag visste att ”det är hon” och Gud som jag letat efter henne. I hela mitt liv har jag letat efter den kvinnan! Om du bara visste vad jag sökt, letat och ropat. . .
— Vem?

– Katarina! Jag träffade Katarina när jag var fjorton, femton år och det var på den tiden som det fortfarande fanns kakelugnar inne på bion i Malmköpings stadshus och vi satt där på en matiné i mörkret och såg Bröderna Marx i varuhuset och tryckte varandras händer, Katarina och jag. Det fanns bara hon och jag. Jag minns hennes skratt och allt vi kände så tydligt. Vi borde kanske kramats, men vi bara satt där och höll i varandras händer. Efter bion följde jag henne den långa vägen hem och när vi var framme sträckte hon sig emot mig och blundade. Jag såg till min förtvivlan att hon såg ut som en häxa. Det var som om hennes ansikte löstes upp och bort for Katarina och in for någon helt annan och jag kunde inte förmå mig att kyssa henne. Jag kände äckel minns jag och jag rusade ifrån henne och lämnade henne där med slutna ögon och en längtansfull mun som väl var beredd att ge mig min första kyss. Sedan såg jag inte Katarina mer men längtade efter henne och jag letade efter henne, jag åkte tåg och jag gick och jag ropade i varje svensk liten stad och jag kunde inte finna henne någonstans. Det var oerhört plågsamt och ensamt. Men så plötsligt stod hon där lika vacker som jag minns henne med ett blått kuvert i handen på väg till posten och jag visste att det var hon.

– Men hon hette Gabriella och var nitton år. . .

— Ja, men det var hon i alla fall. Hon måste ha bytt skepnad igen. Jag beslöt mig för att nu skulle jag ändå våga kyssa henne så jag följde efter henne och såg precis var hon bodde och vilken dörr hon gått in igenom och jag satt mitt emot vid en hängbjörk hela eftermiddagen och låtsades sola och jag såg henne sitta på balkongen med en annan flicka och jag blev helt betagen. Hon hade inte förändrats det minsta sedan den där kvällen då jag lämnade henne vid hennes port.

På kvällen gick jag hem och sminkade mig brun för Katarina sa alltid att jag var så vacker för att jag som är så mörk blir fint brun och nu gjorde jag mig brun och jag blandade två färger och fäste mitt smink med potatismjöl och jag klädde mig i nytvättade, fina kläder och jag smög mig fram till hennes balkong. Jag tänkte ropa på henne, men då såg jag plötsligt att dörren var öppen och att hon väntade mig och det ingav mig en sådan känsla av glädje och kärlek att också hon väntat. Jag skulle bara söva ner henne lite och älska med henne, utan att hon märkte det, för jag visste inte om hon var gift eller inte och jag ville inte störa henne.

Lars satt tyst.

— Lådorna då? Göran höll andan.

— Lådorna, sa Lars och log inåtvänt. Jag ritade en till henne och en till hennes man.

— Hennes man? Göran hörde sin egen konfysa röst studsa mot den kala kalkade väggen.

– Ja, om hon varit gift hade jag tänkt ta både henne och hennes man. Äktenskapet är av Gud instiftat och får inte brytas av någon levande varelse, mässade Bertilsson allvarligt och övertygat.
– Hade du tänkt söva hennes man också ifall hon var gift?
– Ja, och jag tänkte föra bort dem och jag tänkte älska med Katarina då hon sov om natten och på dagarna skulle hon få ha sin man hos sig som vanligt. Jag är ingen äktenskapsbrytare!
– Men . . . Lars, du byggde dem aldrig?
– Nej, jag hittade henne aldrig! Sen när jag hittade henne där vid posten så hann jag inte bygga lådorna och på kvällen då jag stod vid balkongen såg jag att hon väntade mig. Hon hade öppnat för mig och jag var lika välkommen nu som den där kvällen i Malmköping.
– Jaha.
– Men jag blandade fel.
Fel?
– Ja, jag tog för mycket kloroform! Tro mig Göran! Jag tänkte inte döda henne, jag älskar Katarina!
– Jag tror dig, sa Göran. Jag tror dig, Lars! Jag vet att du inte tänkte döda din Katarina.
– Är det säkert att du tror mig? Är det riktigt, riktigt säkert att du tror mig?
– Ja då, jag är en gammal polis och jag vet när folk ljuger och inte ljuger. Du kan vara lugn Lars. Jag tror dig, jag vet att du inte ville döda henne.

Lars snyftade och tårarna rann stilla nerför hans kinder och där satt han med sitt livs stora trauma. Han
hade dödat sin älskade Katarina.

– Du är min ende vän, Göran. Det är viktigt att du tror mig!

Göran lämnade Lars i händerna på vårdapparaten och han for tillbaka till Stockholm, till nya offer och nya lik och han var ganska säker på att ett sådant vackert lik som lilla Gabriella skulle han aldrig mer få se. Utan att själv märka det kom han infarande på sin rotel och visslade melodin "Törnrosa" av Tjajkovskij, trots att Lundell sjöng i P3: "Natt, jag gömmer mig i ord, jag är en annan än den du tror. Jag dömer mig för missdåd och för mord och ser på sommaren som genom flor. Och allt jag ville göra och gjorde glatt; extaser, flykt, blod och rus, var kanske bara lögner i mitt inres natt, för att försöka locka fram lite ljus. Natt, jag vill inte en mänska förnär, men det är långtifrån lätt att leva så tätt inpå människor som inte längre törs tänka på vart det bär. . ."

Det var snart jul igen och detta år fick Göran Skogsberg ett julkort i silver och guld och med den spretiga texten: "En God Jul önskar jag dig, Lars!" och Göran satt länge och kände på Bertilssons kort och med tacksamhet noterade han att Lars Bertilsson lärt honom något om dårar. De är människor de också även om de inte ska gå lösa på gatorna och i åratal undrade Göran om Lars Bertilsson fortfarande satt i sitt dagrum och lyfte på sina kort. Varje jul då TV sände berättelsen om "Tjuren Ferdinand" som sitter under sin korkek och luktar på sina blommor och som av en tillfällighet lurar de spanska matadorerna att tro att han är en farlig tjur, så tänker Göran på Lars Bertilsson som kanske sitter där i dagrummet än idag och lyfter på sina kort och går undan då någon förgriper sig på möblerna och som inte kan göra en fluga förnär men som säkert skulle kunna söva många flickor till om de bara är det minsta lika hans älskade Katarina som han längtar efter och kanske också lever för bland sina böcker och drömmar.

– Jadu, Katarina! Du skulle nog ha tagit initiativet och kysst honom själv! Göran talade högt samtidigt som han la akten om Törnrosamordet i internposten med adress "Arkivet". Han låste sina lådor och sina skåp och for hem till sin bostad och la sig i ett hett bad och drog sig till minnes pojken Cederlund som smetat in en hora med vispgrädde och garnerat henne med jordgubbar. Han undrade i sitt stilla sinne vem och vilka som egentligen är dårar.

Anteckningar
a Se "Häktad på sagolika skäl" Lena Holfve, Rabén & Sjögren 1984.
b en "kryssad person" är den som av domstol är dömd till sluten psykiatrisk vård.
c Det kallas för att man har "bok" då akten börjar bli så tjock att den liknar en bok och inte längre är några små avhandlingar eller förströdda PM.

www.ingramcontent.com/pod-product-compliance
Ingram Content Group UK Ltd.
Pitfield, Milton Keynes, MK11 3LW, UK
UKHW021937190726
13853UKWH00004B/1495